중국 감옥에서 보낸 2년

중국 감옥에서 보낸 2년

2021년 7월 30일 초판 1쇄 발행

지은이 스캇 리

발행인 유영일

펴낸곳 올리브나무   출판등록 제2002-000042호
경기도 고양시 일산동구 정발산로 82번길 10, 705-101
전화 070-8274-1226, 010-7755-2261
팩스 031-629-6983   E메일 yoyoyi91@naver.com

ISBN 979-11-91860-00-9   03810

값 15,000원

중국 감옥에서 보낸 2년

스캇 리 지음

올리브나무

고난을 함께 해준
수많은 응원꾼들을 위해,
그리고
지금도 고난의 한가운데에 있는 이들을
"업고 계시는" 그분을 위해

차 례

프롤로그

어쩌면 중국에서의 나의 이 여정은 애초부터 예정되어 있었던 건지도 모르겠다. 그날 렌터카가 취소되지 않았더라면, 그리고 그 가방이 분실되지 않았더라면…. 지난날을 돌아보고 '만약'이라는 가정법 하에 이 조건 저 조건을 바꾸어본들 그것처럼 부질없는 짓거리도 없겠지만, 자꾸만 그때의 기억에 덧칠을 해보는 건 솔직히 지나온 내 인생경로에 대한 아쉬움과 후회 때문인 것 같다. 하지만 그 가정법 속에서 곰곰이 시간을 되감아 보다가, 난 우연을 가장한 채 숨어 있던 필연과 만났다.

그날은 원래 친구 가족과 함께 여행을 떠나기로 한 날이었다. 며칠 전에 예약해 놓았던 대형 SUV 차량을 픽업하러 갔는데 차가 없었다. 신용하면 미국인데, 그리고 그 미국에서 으뜸가는 렌터카 회사에서 '예약 실수가 있었다.'라고 정중한 사과의 말을 하긴 했지만, 끝내 차는 내주지 않았다. 덕분에 친구 가족과 한 차로 가려던 주말여행 계획은 깨져 버리고 말았다. 미국에서

20년 넘게 살면서 렌터카 회사에 차가 없다는 얘기는 그때 처음이자 마지막으로 들어 봤다.

그날 오후였다. 허탈한 마음으로 집에서 쉬고 있는데 지인에게서 전화가 왔다. 중국을 오가면서 사업을 하고 있다는 소식을 들은 바가 있었는데, 중국 어느 시의 경제인들을 주축으로 한 방문단을 데리고 왔다는 것이었다. 전화의 목적은 다음 날, 그 열 명 남짓한 방문단과 함께 '미국식 식사를 한 번 해줄 수 있겠느냐'는 부탁이었다. 자신은 한국음식만 좋아해서 미국음식을 잘 모를 뿐만 아니라 그럴듯한 식당은 잘 알지 못하니, '아메리칸 스타일 디너'를 자기 대신에 '폼나게 한번 쏴 달라는 얘기였다.

예전에 신세 진 것을 갚을 겸, 다음 날 나는 처음 만나는 중국 본토 한족과 조선족 기업인들과 어색하기 그지없는 스테이크 식사를 함께 했다.

그날 후줄근한 복장에 떡 진 머리를 한 한족 여성은 그 도시에서 가장 큰 백화점 오너였고, 내게 조선족이라는 단어를 처음 알게 해준 중년 여성은 그 도시에 수백 채가 넘는 아파트와 빌딩을 지은 건축회사 대표였다. 이런 사실은 당시에는 전혀 알지 못했고, 나중에 내가 중국에 가서 눈으로 확인하고서야 알게 되었다.

생뚱맞은 나와 중국과의 인연은 그렇게 단발성으로 끝날 줄 알았는데, 그렇지 않았다. 마치 우연을 가장한 필연들이 아슬아슬하게 이어지면서 원래 정해져 있던 길로 날 이끌어갔던 것 같다.

그날 식사 자리에서 별 뜻 없이 명함을 주고받았던 조선족 여사장에게서 며칠 후, 전화 연락이 왔다. 시카고 공항에서 여행 가방을 분실했는데, '항공사 측에 알아봐 줄 수 있느냐'는 부탁이었다. 초행길, 그것도 말도 잘 통하지 않는 미국에서 갑작스럽게 생긴 일이라 당황한 나머지, 나에게서 받은 지갑 속의 내 명함을 무심코 항공사 직원에게 내밀었던 거다.

별 생각 없이 도와주었던 그 일이 또 다른 연결선이 되었던 것이고, 신기하게도 또 몇 번의 우연들이 겹치면서 나는 중국시 정부로부터 명예 대사증까지 받게 되었다. 이로 인해 나는 예전에는 한 번도 생각해 본 적이 없었던 중국살이를 하겠다고 온 가족을 중국으로 데리고 가고 만다.

처음에는 그곳 지인들의 도움으로 중국 정부 일을 받아 사업을 운영해 나갔다. 지금 돌이켜 보면 아직 제대로 채 발전하지 못했던 그곳에서 같잖은 특권을 즐기며 그들과 같이 모럴 해저드(moral hazard)에 빠져 쉽게 적잖은 돈을 벌면서 적잖은 세월을 허비한 것 같다.

그러는 동안 공무원 지인들은 현역에서 하나둘 은퇴를 했고, 나 역시 사업을 중국 내수가 아닌 해외를 대상으로 돌린 탓에 점점 정보에는 무디어져 갔다.

시진핑 공산당 정부의 역주행도 그저 술자리의 안주거리에 불과한, 나와는 상관없는 일로 치부해 버린 거다. 내가 살고 있던 그곳이 아직도 엄연한 공산주의 국가라는 사실을 망각해 버렸던 것이다. 그리고 난 그 실수의 값을 톡톡히 치러야만 했다.

하지만 한편으로는 그 대가의 시간 동안 중국에서 보낸 10년 넘는 세월 속에서 보지 못했던 중국 공산당의 민낯과 마주할 수 있었던 것도 사실이다.

급발진하는 자동차처럼 옛 영광을 찾기 위해 브레이크 없이 거침없이 달려 나가는 중국 시진핑 공산당의 위태위태한 모습을 보았고, 그 질주에 조금이라도 방해되는 요소들이 인권 사각지대 안에서 어떻게 박해와 탄압을 받는지도 두 눈으로 보고 직접 체험했다.

또 옛날 왜구로부터 명을 지켜주는 울타리 나라, 즉 번방(藩邦)의 역할을 조선에게 공공연하게 강요했던 그 역사가 아직도 현재 진행형이라는 사실도 깨달았다.

자신들의 울타리가 무너지지 않게 하기 위해, 국민의 안위 따위는 아랑곳하지 않는 정신 나간 북조선 위정자의 뒷배 역할을 도맡아 해주는 중국 공산당. 그리고 그로 인해 계속 신음할 수밖에 없는 북한 동포들의 안타깝고 비참한 처지를 탈북자 죄수들을 통해 생생히 느낄 수 있었다.

어느 해 겨울, 미국에 사는 형이 방문해 함께 장백산(백두산)에

갔던 적이 있다. 물병에 있는 물을 공중에 뿌리면 금세 얼어 눈가루가 되어 떨어지던, 섭씨 영하 40도 혹한의 날씨였다.

"지금도 이렇게 추운데 옛날에는 오죽했겠어? 포로가 옷을 제대로 입었겠어? 신발을 제대로 신었겠어? 그냥 거지꼴로 이 추운 날씨를 뚫고 선양까지 2천 리를 걸어갔다고 생각해봐, 끔찍하지! 끔찍해!"

캘리포니아에 사는 형은 낯선 이 추위에 자신이 아닌, 느닷없이 병자호란 때 끌려갔던 옛 조선 사람들을 걱정하고 있었다.

"당시 조선 인구의 십분의 일이 넘는 60만 명을 끌고 갔는데, 가는 도중에 채찍에 맞아 죽고 추위에 얼어 죽은 사람이 부지기수였대. 그러고 보면 우리나라 사람들은 중국한테만 너무 너그러워. 물론 조금 오래된 역사이긴 하지만 일본한테는 그렇게 따지고 들면서 말이야. 아마 사대주의 잔재들이 남아서 그런가 봐."

그날은 형의 말이 잘 이해가 안 갔지만 지금은 그 포로들의 모습을 상상하면 왠지 함께 지냈던 경철이, 명철이, 솔이, 광수, 그리고 이종원 소좌가 떠올라 나도 모르게 눈시울이 뜨거워진다.

이젠 자유롭게 된 자의 여유일까? 내가 갇혀 있던 시간들은 참 힘들었지만, 지금은 결코 헛되지 않았다고 생각한다.

매일 아침 사도신경을 외우며 아내가 몰래 넣어준 로마서를 읽으며 참아냈던 그 여정의 진정한 의미를 난 이제 조금씩 깨달아 가는 중이다. 우리의 모든 것을 계획하시고 주관하시는 그분의 뜻을 말이다.

　"야곱은 홀로 남았더니 어떤 사람이 날이 새도록 야곱과 씨
름하다가 (…) 그 사람이 자기가 야곱을 이기지 못함을 보고
야곱의 환도뼈를 치매 야곱의 환도뼈가 그 사람과 씨름할 때
에 위골 되었더라"(창 32:24, 25).

　지금까지 자기 뜻대로만 살던 야곱은 더 이상 자기 뜻대로
걷지 못하게 되자, 그는 자기 다리가 아닌, 평생토록 하나님께
기대어 사는 법을 배우게 된다.

　힘든 시간을 견디며 날 위해 애쓰고 기다려준 아내에게 무한한
감사와 사랑을, 외로웠을 그녀의 곁에서 위로가 되어준 막내에게
는 고마움을 전한다.

　아빠의 갑작스러운 부재 때문에 학업마저 중단하고 한국군
복무를 택한, 생각 깊은 우리 장남에게 믿음직스럽고 자랑스럽다
는 말을 꼭 해주고 싶다.

　아들 걱정에 애태웠을 팔순 어머니에게는 죄송함을, 그리고
재수와 조카를 살뜰히 챙겨준 작은형에게, 그리고 한국의 형님
내외, LA 이모, 이모부에게도 깊은 감사를 드린다.

　간수소에서, 감옥에서 같이 힘이 되어준 동료들, 내 인생의
멘토 송 사장님, 연변과학기술대학의 기도 회원들, 그리고 나와

우리 가족을 위해 기도해준 모든 분들에게도 감사와 더불어 축복을 기원한다. 부족하고 부족한 제 글을 선뜻 책으로 펴내주신 올리브 나무의 유영일 대표님과 이순임 박사님께도 고마움을 전한다.

마지막으로 지난 2년 동안의 여정에서 나에게 큰 힘이 되어준 애런 영사님께 이 지면을 빌어 다시 한 번 깊은 감사를 드린다.

2021년 한여름에

스캇 리

작업장

이! 얼! 싼! 이! 얼! 싼!
메이요~ 꽁산당~ 메이요~ 씬 중궈~ (没有共产党. 没有新中国)

우리들은 구호에 맞춰 공산당이 없었더라면 이렇게 잘 나가는 신 중국은 결코 없었을 거라는 내용의 공산당 '자화자찬가'를 힘차게 부르며 행진을 시작한다.

코너마다 서 있는 초대형 간판에는 너무나 인자한 모습의 시진핑 주석께서 우리의 출근길을 배웅해 주신다. 그리고 그 위로는 시뻘건 바탕의 중국 오성홍기가 오늘도 어김없이 새벽바람에 펄럭이고 있다.

공포 영화에나 나올 법한 폐교를 연상케 하는 다 쓰러져가는 붉은 벽돌의 낡은 작업장. 도착하자마자 채 마르지 않아 쉰내 나는 옷을 후다닥 작업복으로 갈아입고 본격적인 작업에 돌입한다.

나의 하루 평균 근무시간은 아침 7시부터 저녁 7시까지 꼬박 12시간이다. 하지만 그것도 교도관들의 심기를 건드리는 불상사가 없을 때 그렇다는 말이다. 어제처럼 누군가 조금이라도 감히 그들의 심기를 거슬리면 정말 고달픈 하루를 제대로 맛보게 된다.

누군가의 겁대가리 없는 말대꾸로 인해 우리는 작업을 마치고 난 후에도 밖에서 차가운 밤비를 고스란히 다 맞으며 무려 3시간 동안이나 제식훈련에 시달려야 했고, 저녁 10시가 넘어서야 겨우 물에 빠진 생쥐 꼴을 하고 숙소로 들어올 수 있었다.

"삼촌 괜찮으세요?"

북한 국적 룸메이트 경철이가 뒤로 지나가며 경관의 눈을 피해 슬쩍 안부를 물어온다.

"No problem! 괜찮아! 괜찮아!"

호기 있게 대답은 했지만, 사실 성치 않은 무릎은 아파오고 몸도 으슬으슬하고 목도 붓고 머리도 띵했다.

어젯밤에 흠뻑 젖은 옷을 있는 힘 다해 꽉꽉 쥐어짜서 창턱에 걸어 놓았건만, 마르기는커녕 벌써 찾아온 만주의 추위 때문에 옷은 그만 반 동태 꼴이 되어 버리고 말았다.

하지만 어찌하랴! 단벌 신사인 나에겐 초이스가 없었고, 그 갑옷같이 딱딱해진 죄수복을 그대로 끼여 입고 또다시 새벽

출근길에 나설 수밖에….

그 때문인지는 몰라도 아침부터 감기 기운이 돌았지만, 컨디션과는 상관없이 오늘도 내가 필히 완수해야 하는 일감은 어김없이 작업대 위에서 묵묵히 나를 기다리고 있었다.

이곳에서의 내 작업은 단순하다. 장춘 공장에서 생산하는 폭스바겐 자동차 안에 들어간다는 전선에 그냥 검은색 절연 테이프를 칭칭 감는 일이다. 하지만 이 짓도 하루 온종일, 그것도 주 6일씩 하다 보니 손목 관절에 이상이 오고 손바닥은 늘 저리고 쉽게 쥐락펴락하기조차 힘들다.

물론 나만 그런 건 아니다. 이 작업장에서 일하는 우리 8대대 소속 98명의 수감자들은 거의 모두 비슷한 꼬락서니다. 대부분 손으로 하는 장시간의 노동으로 인해 손바닥은 전부 나무껍질 같다. 특히 10년 이상 이 강제노동에 시달린 장기수들의 손가락은 마디마디가 부어 있고, 튀어나오고, 뒤틀려서 흡사 호러 영화에 나오는 좀비의 그것을 연상케 한다.

내가 이런 노동을 하고 받는 대가는, 상상이 될지 모르겠지만, 참담하게도 고작 한 달에 중국 돈 8위안이다. 그 돈이면 밖에서는 그래도 새벽시장에서 죽 한 그릇 사 먹을 정도는 된다. 하지만 이곳 감옥에서는 날강도 바가지요금 때문에 한 달 월급을 모아 내가 이곳에서 살 수 있는 건 세숫비누 한두 장 수준이다. 죄수들의 주머니는 그냥 탈탈 털어도 괜찮다고 생각하는 것 같다.

12년이라는 연차도 있지만 워낙 손이 빠르고 일 잘하기로 유명한, 그래서 우리 8대대의 최고 연봉자인 경철이의 실수령 월급이 48위안이다. 하지만 이런 살인적인 물가 덕분에 경철이도 주먹만 한 소시지 반찬 한 개를 사려면 한 달 월급을 고스란히 털어 넣어야 한다.

나는 경철이가 한 번도 반찬을 사는 것을 보지 못했다. 감옥에서 주면 주는 대로 그냥 풀떼기 반찬으로 늘 식사를 해결했다. 영치금이란 언감생심일 수밖에 없는 탈북자 출신 경철이에게 '판매 반찬'이란 한마디로 사치품이었다.

월급으로 일단 휴지, 치약, 비누, 세제 등의 필수품을 사고 세수와 양치는 하루 한 번, 용변을 볼 때는 두루마기 휴지 두 단(점선으로 나누어진)으로 최대한 알뜰함(?)을 발휘해야 한다. 그렇게 몇 달을 버텨 가면서 돈을 모아야 손목에 붙이는 파스 몇 장, 잎담배(일반 필터 담배가 아닌 말아서 피우기 때문에 북한에서는 '말아초'라고 불린다고 한다) 한 봉지를 살 수 있었다.

따르릉~ 따르릉~

작업장 첫 번째 부저음이 울린다. 오전 9시다. 이 시간은 중국이 자랑하는 전통체조 '태극권'으로 감옥의 모든 죄수들이 노동을 멈추고 잠시 몸을 푸는 시간이다.

대형 모니터를 통해 '우한 짜요!, 중궈 짜요!'(힘내라 무한!, 힘내라 중국!)라고 적힌 붉은 티셔츠를 입은 여죄수들이 능숙하게 태극권 시범을 보이고, 하루 한 번 이렇게라도 여자를 볼 수 있다는 기회 때문인지 죄수들은 무척이나 열심히 또 진지하게 그 체조를 따라 한다. 하지만 늘 일거리가 밀려 있는 우리 8대대에게는 이런 것마저 제대로 허락되지 않는다.

체조를 할 수 있는 인원은 딱 10명 정도이다. 그 정도 숫자면 감시 카메라의 앵글을 충분히 채울 수 있기 때문이다. 대부분 지병이 있거나 고령의 선발된 죄수들만이 매일 카메라 정면을 막고 서서 '눈 가리고 아웅 식'으로 체조를 하고, 나머지 인원들은 그 시간에도 쉴 새 없이 작업에 임해야 했다.

이곳 티베이 감옥에서는 사실 모든 일이 이렇다. 녹음이 되어 혹시나 나중에 문제가 될 수 있는 카메라의 눈만 피하면 만사 OK다. 교도관(중국에서는 경관이라는 호칭을 씀)들은 몇 대 되지는 않는 감시카메라의 눈을 피해 걸핏하면 폭력을 행사하고, 심지어 심심풀이로 휴대하고 있는 전기봉을 이용, 죄수들을 괴롭히기까지 한다.

어제 점심시간에는 탈북자 출신 철남 씨가 그들의 밥이 되었다. 악질 중 악질, 고작 스물두세 살 먹은 왕 경관에게 그만 걸리고 말았다. 시비의 단초는 단지 밥을 먹을 때 조선말을 했다는

20

것 때문이었다.

이곳 감옥에서는 경관이 자신의 이름을 호명하면, 쏜살같이 달려와 경관 앞에서 마치 영국 여왕 앞에서 작위를 받는 기사처럼 한쪽 무릎을 꿇고, 그 무릎 위에 한 팔을 올린 채 큰소리로 자신의 관등 성명을 대야만 하는 규칙 있다.

"리철남! 리철남!"

왕 경관의 신경질 섞인 호명에 서서 점심을 먹던(참고로 이곳 감옥에는 의자가 있는 식당 같은 그런 시설은 없다. 작업장 옆에 붙은 탈의실을 겸한 낡은 가건물에서 모두 선 채로 식사를 해결해야 한다.) 철남 씨가 쏜살같이 달려와 충성스러운 모습을 보여주었지만, 이미 기분이 상한 190센티미터가 넘는 거구 왕 경관의 주먹질이 바로 시작되었고, 중국 감옥에서만 17년을 보낸 초로의 철남 씨는 코피와 함께 채 삼키지 못한 밥풀을 입안에서 뿜어내며 흙바닥을 기었다.

"꼬리 빵즈 새끼! 내가 조선말 하지 말라고 그랬지!"

('꼬리 빵즈'는 오래전부터 중국에서 조선 사람을 비하해서 가리키는 말로, 대충 '고려의 거지새끼'라는 뜻의 비속어다.)

감시 카메라 사각지대로 철남 씨를 불러낸 왕 경관의 여유로운 타격이 계속되었지만, 죄수들은 아무도 그쪽으로 눈길조차 주지 않았다. 그나마 철남 씨에게 말을 걸어 이렇게 사달을 낸, 조선족 출신 신입 죄수만이 안절부절 못하여 겁먹은 표정으로 힐끗거릴

뿐이었다.

같은 탈북자 출신 경철이마저 외면하면서, 옆에서 움찔거리며 그 장면을 쳐다보는 나에게 "삼촌, 쳐다보지 마세요!" 하며 충고를 해온다.

이곳 감옥에는 북한 국적의 탈북자 출신 죄수뿐만 아니라 나를 포함한 외국 국적 죄수들이 꽤 여러 명 있다. 일본인, 러시아인, 그리고 아침 행진 때 마주치는 아프리카 쪽 죄수들까지…. 하지만 가장 많은 수의 외국 국적 죄수는 단연 북한 사람들이다. 그들은 돈도 없고 빽도 없는 데다 영사 면회는커녕 자국민이 감옥에 갇혀 있는지조차 관심이 없는 정부 탓에 한마디로 이곳에서 완전 똥개 취급을 받는다.

경관들은 그 점을 악용해 그들에게 심심풀이 땅콩처럼 폭력을 행사했다. 죄수 간에 문제가 생기면 늘 징벌방으로 가는 것도 그들 몫이었다. 중국 한족이 절대 다수인 죄수들 사이에서도 북한 국적 죄수들은 한마디로 밥이었다.

그나마 눈치 빠르고 싹싹한 북한 죄수들은 빽 있고 돈 있는 한족 죄수들의 빨래나 설거지 등, 하여간 귀찮은 일은 모두 대신해 주는 몸종이 되어, 신변보호에서부터 먹을 것을 비롯해 담배 및 각종 생필품을 얻어 살아갔다. 특히 대부분이 장기수인 우리 8대대 같은 경우, 나이 젊은 북한 국적 죄수들은 그들의 애인 노릇까지 해주었다고 한다.

사실 장기수도 아닌 내가 어이없게도 이곳 8대대로 보내진 까닭은, 중국 정부의 숨겨진 의도가 있었겠지만, 내가 오기 바로 전에 있었던 8대대의 죄수 분리 조치가 없었다면 쉽지는 않았을 듯하다. 대부분이 무기수 또는 20년 가까운 장기수들로 이루어진 8대대 내에서 죄수들 간에 자의든 타의든 동성애 문제가 심각하게 발생했다고 한다. 그러자 감옥 측은 몇 달치 감시 카메라 기록을 다 훑어보고는 조금이라도 낌새가 보이는 죄수들을 모두 다른 감옥이나 대대로 이감시켰는데, 그중에는 몸종 겸 애인노릇까지 해주던 북한 국적 죄수들도 적지 않았다고 한다.

아무튼 그 때문에 150명 인원이었던 8대대는 70명대로 줄어들었고, 그 결원을 채우기 위해 신입 죄수들을 대거 8대대로 몰아넣는 과정에서 나 역시 이곳으로 오게 된 것이다.

하지만 북한 출신 죄수들이 다 그런 건 절대 아니다. 내 바로 위 침대를 쓰고 있는, 자존심으로 똘똘 뭉친 경철이 같은 부류도 있다. 평상시에도 너무 독기를 품고 있는 것 같아 가끔은 부담스럽기도 하다. 그렇지만 영치금은 고사하고 면회, 전화, 편지 등 외부와의 접촉 한 번 없는 그런 참담한 상황에서도, 그는 한족 죄수들에게 절대로 굽실거리지 않고, 경관들에게 언어맞으면 다시 고개를 뻣뻣이 들면서 10년 이상을 이곳에서 견디고 있었다. 그런 그를 볼 때면 나는 존경심과 더불어 은근히 같은 동포로서의 자부심(?)마저 느끼게 되었다.

개똥벌레

사실 경철이는 거의 언터처블 수준이다. 내가 8대대에 온 일주일쯤 되었을 때였던 것 같다. 감옥 내 유일한 미국 국적자인 나는 이젠 서로 막 나가는 미중관계로 인해 하여간 요주의 대상이 었던 것 같다. 나와 말을 붙이려는 죄수는 누구를 막론하고 경관들의 호통을 들어야만 했다. 특히 왕 경관은 작업 시간 내내 내 주위를 맴돌면서 시비를 걸어왔다.

한 달 넘게 사용한 까닭에 냄새가 장난이 아닌 일회용 마스크를 조금이라도 내리면 금방 목 뒷덜미를 휘어잡고 큰소리를 질러 댔다.

"야, 미국 놈! 마스크 똑바로 안 써! 그러니까 너희 트럼프가 코로나에 걸리지!"

원래 꼴통인 데다가 공산당의 효과적인 반미 교육 탓인지 기회만 있으면 녀석은 온갖 이유로 나를 괴롭혔다. 일이 늦는다고 밀치고, 점호 소리가 작다고 쥐어박고, 행진 시 공산당 찬가를 힘차게 부르지 않는다고 팔을 꺾고…. 그리고 늘 그랬듯이 그날도 폭력을 사용하고는 작은 휴대용 카메라를 꺼내 나를 촬영했다.

이름, 죄명, 형기를 묻고 '감옥 생활이 어떠냐?'는 어이없는 질문을 해온다. 그리고 나에게 '하오, 하오(좋습니다).'라는 대답이 나와야 그제야 자리를 떴다.

내 생각에는, 내가 외국인인 까닭에 혹시 모를 뒤탈을 걱정하여 촬영을 해두는 것 같았다. 문제는 그 모습을 못마땅하게 쳐다보던 경철이와 녀석의 눈빛이 마주치면서 시작되었다.

"어이! 거지새끼, 일 안 하고 뭘 쳐다봐! 빨리 일 안 해!"

녀석의 힐책에도 불구하고 경철이는 '모두가 다 턱 마스크인데 왜 그 사람한테만 시비냐?'라면서 나를 변호해 주었고, 이에 열이 받친 녀석은 못 먹어서 그런지 삐쩍 마른 경철의 멱살을 한 손에 움켜잡고 들어 올렸다. 하지만 그것으로 끝이었다.

유난히 작고 찢어진 눈이지만 경철의 살기등등한 눈빛과 목에 깊게 파인 흉터를 보고 녀석은 이내 주춤거리며 경철을 놓아주고 말았다. 지켜보고 있던 죄수들 앞에서 구겨진 체면을 그나마 살리고 싶었던지, "한 번만 더 대들면 그때는 징벌방이다!"라며 으름장을 놓긴 했지만, 경철은 그런 협박에는 눈도 깜짝하지 않았다.

죄수들은 물론 경관들까지 모두 경철이의 성깔에 대해서는 익히 알고 있었다. 고의 살인죄로 2년간 사형 집행유예 판결을 받은 경철이는, 그래도 처음 몇 년간 큰 말썽을 부리지 않아 사형수에서 무기수로 감형이 되었다. 하지만 그 후부터는 다른 죄수와 싸움, 기물 파손, 자해 등으로 꼴통 죄수로 유명해졌다. 특히 칫솔을 갈아 만든 흉기로 자신의 목을 10여 차례나 그어 혼수상태까지 간 자해사건은 아직도 이곳 죄수들 간에 큰 이야깃 거리였다. 자신을 부당하게 괴롭히는 경관의 목을 끌어안은 채 정신을 잃을 때까지 자신의 목을 그어 자신은 물론 경관까지 피범벅이 되게 했다는 사건…. 아마도 그 때문인지 경관들도 웬만해서는 경철이와의 시비를 원치 않는 눈치였다.

첫 번째 휴식종이 울렸다.

화장실을 가고 올 때 두 번의 점호를 해야 하기 때문에 15분이라는 휴식시간은 짧게만 느껴졌다. 그래도 죄수들은 그 시간을 이용해 볼일과 더불어 담배까지 한 대 피우기 위해 화장실로 몰려갔다. 좁은 화장실은 그때마다 서로 밀고 당기느라 초만원이 되었다.

사실 화장실이라고 말하기도 뭐하다. 그냥 창고 같은 공간에 시멘트로 대충 만든 긴 도랑이 하나 있을 뿐이다. 죄수들은 그 도랑 턱을 밟고 서서, 혹은 밟고 앉아, 대소변을 처리했다. 배수기능이 없으니 도랑 안쪽에는 오물이 그대로 남아 구더기가 꼬물대고 악취가 진동했다.

나는 처음, 나란히 벽을 보고 서서 소변을 보는 죄수들 사이를 비집고 들어가 반대로 앉아 대변을 보는 죄수의 모습을 보고 기겁을 했다. 주위의 소변이 모두 자신의 엉덩이로 튀는데도 아랑곳없이 볼일을 보고 있었던 것이다. 난 그 참혹한 장면을 본 이후, 작업장에서 대변을 봐야 하는 불상사를 절대 만들지 않으려고 나름 기를 썼다. 작업장에 오기 전에 아침으로 나오는 죽을 한 번도 먹지 않았던 것이다. 그리고 점심 역시 절대 배부르게 먹지 않았다.

　화장실 맞은편 벽에 기대앉아 말아초 한 대를 꺼내 입에 문 경철이가 내게 충고를 해온다.

　"삼촌, 이 떼놈 새끼들은 가만히 있으면 사람을 더 얕보는 습성이 있어요. 그래서 세게 나갈 때는 세게 나가야 해요! 특히 이 무식한 동북지역 한족 놈들이 더하고요."

　뿌~~ 지직!

　순간, 우렁찬 배변 소리가 들리고 우리 쪽을 향해 앉아 대변을 보던 중국인 죄수와 눈길이 마주쳤다. 녀석은 아무렇지도 않은 듯 태연한 표정을 짓는다.

　"어~휴, 냄새, 저 개간나 새끼!"

　"저것 보세요! 얼마나 무지하고 야만적이었으면 일본 관동군들까지 개돼지보다 못한 족속이라고 했겠어요."

경철이는 피우던 담배를 끄고 코를 쥐어 잡고는 서둘러 화장실을 나갔고, 나도 그의 뒤를 따랐다.

지금 생각해봐도 경철이와의 만남은 내 수감생활 중 가장 운이 좋았던 일로 손꼽아야 할 것 같다. 지옥 같았던 감옥 입관대 훈련을 겨우 마치고 배정받은 8대대, 그리고 204호실. 그 작고 낡은 방에는 마치 그곳에 너무 오래 있어 방과 함께 낡아 버린 듯 보이는 10명의 죄수가 있었다. 그리고 방 입구 벽에는 그 죄수들의 프로필이 빛 바란 증명사진과 함께 붙어 있었다. 프로필에는 이름, 죄명, 그리고 형기가 기재되어 있었는데, 우리 방에서 아라비아 숫자로 형기가 적힌 수감자는 나 그리고 마약판매로 18년형을 받은 내 수감동기 오현동, 딱 둘뿐이었다.

그 외 10명의 형기는 모두 숫자 대신 '사형집행유예' 아니면 '무기'라고 한자로 적혀 있었다. 강도살인, 존속살인, 치정살인 등등 이유야 저마다 다르지만, 하여간 의도적 살인죄로 복역 중인 사람이 9명, 그리고 얼마나 큰 금액을 훔쳤는지 모르겠지만 절도로 무기형을 받은 내몽고 출신 '짱헤이요'가 있었다.

짱헤이요는 18살 때 잡혀 20년을 복역하고 잠시 나갔다가 40살에 다시 잡혀와 현재 11년째 복역 중이니, 평생 밖에서 지낸 시간보다 감옥에서 보낸 시간이 더 긴 수감자였다.

나머지 살인죄로 복역 중인 9명은 짧게는 5년, 많게는 10년 이상 복역 중이었다. 더러는 감형을 받지만, 그래도 모두 최소 10년 가까이는 이곳 신세를 더 져야 하는 처지들이었다. 그중 한 명인 경철이도 무기에서 유기징역으로 감형을 받았지만 아직도 갈 길이 멀었다. 중간에 큰 사고만 안 쳤다면 조금은 더 빨리 나갈 수 있었겠지만 경철이는 크게 괘념치 않았다.

"어차피 나가 봤자 다시 북조선 교화소로 끌려가야 하고, 또 거기서 죽을지 살지도 모르는데, 조금 일찍 나가면 뭘 하겠어요."

"삼촌! 저는 이번 인생은 그냥 이렇게 조진 것 같아요."

스물넷에 잡혀 와서 그런지 경철이는 아직도 자기를 청년으로 착각하고 있는 것 같았다. 아마 잡혀왔던 그 시간대에 사고가 멈춘 듯했다. 자신도 이제 곧 불혹의 나이인데 나에게 꼬박꼬박 삼촌이라는 호칭을 쓰는 것도 그렇고, 자기 또래의 죄수들을 가리키며 '저 아저씨, 이 아저씨' 하는 걸 봐도 그랬다.

이곳에서는 제대로 된 거울이 없으니 자신의 모습이 10년이 넘는 세월 동안 얼마나 변했는지도 정확히 알 길이 없어 더 그런 것 같다.

내가 이불 보따리와 개인 비품 박스를 낑낑대며 들고 204호에 처음 들어왔을 때는 원체 바짝 얼었던 탓에 경철이의 첫인상이 정확히 떠오르지 않는다. 하여간 아래 칸 침대에 누워 중국어로 된 책을 보고 있어 같은 동포일 거라고는 전혀 생각도 하지 못했다.

옆방에 있던 홍콩 출신 중국인 레이몬드(그는 나에게 늘 자신은 중국인이 아닌 홍콩인이라고 강조했다.)가 미국 국적 죄수가 들어왔다는 소식을 듣고 찾아와서는 자신의 영어 실력을 뽐내기 위해 괜히 나에게 이것저것 물어보며 꽤 긴 대화를 했고, 다른 죄수들은 그 모습을 신기한 듯 쳐다보고 있었다. 대화가 끝나고, 조금만 움직여도 삐걱대는 널빤지로 된 조악한 이층 침대 위로 몸을 눕히려는 순간, 아래칸 침대에서 "아저씨 한국 사람이세요?"라는 경철이의 질문이 불쑥 들려왔다.

그렇게 만난 후, 내 호칭이 '아저씨'에서 '삼촌'으로 바뀌는 동안, 나는 경철이와 많이 친해졌고 감옥을 떠나는 날까지 경철이는 감옥 초짜인 나를 위해 이것저것 챙겨주었다. 나를 삼촌이라고 불렀지만, 도리어 내게 '삼촌' 노릇을 톡톡히 해주었다.

나중에 알았지만 처음에 경철이가 보고 있던 책은 그가 가진 유일한 한 권의 책이었고, 무려 10년이 넘도록 그 책만 본 덕분에 한자로 된 책이지만, 독해뿐 아니라 안 보고 내용까지 줄줄 외울 정도라고 했다.

나는 그 낡아빠진 책을 보노라면, 한 자 한 자 다른 죄수들에게 물어가며 그 책이라도 읽어야 할 정도로 답답하고 고독했을 그의 지나간 시간들이 상상되어 가슴이 먹먹해졌다.

10년이 넘게 한 번의 면회도, 한 통의 전화도, 한 장의 편지도 없이 철저하게 고립된 채, 출소하는 수감자가 버리고 간 책 한 권으로 그가 견디어야 했던 시간들. 매주 가족과 통화하는, 그리고 한 달에 한 번씩 면회하는 다른 수감자들의 모습을 보면서 그는 어떻게 그 시간을 혼자 참고 버텼을까….

나는 못 먹어서인지 유난히 거무튀튀한 경철의 안색을 볼 때마다 '왜 하필이면 하고 많은 나라 중에 북한에서 태어났을까?' 하는 안타까움마저 들었다.

이곳 티베이 감옥에도 사실 수감자들을 위한 도서관이 있긴 하다. 들리는 얘기로는 제법 훌륭한 시설에 중국어 책뿐만 아니라, 각 나라 영사관에서 자국 수감자들을 위해 기증한 한국어, 일본어, 러시아어 등 다양한 외국 책까지 구비되어 있다고 했다. 하지만 아쉽게도 그곳 청소를 담당했던 수감자들의 말에 의하면, 도서관은 이제 백퍼센트 직원 전용이 되었고, 아주 가끔은 전시용으로 사용된다고 했다. 평소에는 감옥 직원들만 사용하고 위에서 높은 분들이 시찰 나오면 그때 부랴부랴 죄수들 중에서 몇 명을 뽑아 도서관에 잠시 비치(?)해 놓는다는 것이다.

어디 도서관뿐이랴. 감옥에 있는 농구장, 배구장 등 모든 시설이 같은 처지다. 사실 우리 죄수들에게 그런 시설을 오픈해 준다고 해도 무용지물이다. 주 6일 하루 12시간 중노동에 시달리고 일주일에 하루 쉬는 날에도 온몸에 닭살이 돋는 유치한 공산당

선전 영화와 강의를 억지로 보고 들어야 하는 우리에게 도서관, 농구장 이런 시설은 그냥 딴 나라 얘기일 뿐이었다.

다행히 휴일 날 날씨가 좋으면 우리는 이불보를 밖에다 널며 잠시나마 야외 휴식의 행운을 가질 수 있었다. 그날은 경철이가 안 빨아도 된다는데 군이 내 이불보를 벗겨 빨래를 했고, 그 빨래를 말리며 경철이와 나는 오랜만에 밖에서 햇볕을 쬐며 한가로운 시간을 즐겼다.

시원한 바람을 맞으며 나는 청명한 가을 하늘을 바라본다.

손을 뻗으면 금방이라도 잡힐 것 같은 새털구름들이 눈이 시리게 푸른 하늘의 이곳저곳을 떼 지어 몰려다니고 있었다. 내 처지를 순간 잊어버릴 만큼 갑작스럽게 찾아온 멋진 풍광 속에 가족들의 얼굴이 겹쳐 떠오른다.

'아내와 아이들은 잘 있을까?'

감옥에 오면 면회는 안 되더라도 전화 한 통쯤은 할 수 있을 줄 알았는데…. 면회는 코로나 때문에 여전히 불가능했고, 전화는 감청하는 자신들이 알아들을 수 있도록 서로 중국어로만 통화해야 한다는, 말도 안 되는 규칙에 그만 포기해버렸다. 그래도 얼마 전 애런 영사가 힘써준 덕분에 다행히 아내의 편지를 받을 수 있었다. 감옥의 조선족 출신 경관이 먼저 다 뜯어보고 검열을 끝낸 후, 나에게 전달되었다.

오랜만에 보는 익숙한 글씨체에 아내의 체취가 확 묻어나고,

난 그리움에 그만 눈시울을 붉힌다.

 힘들지? 말해 뭐 하겠어. 그래도 꼭 잘 버텨줘. 우리 생각
해서…. 그리고 밖에서 당신을 위해 많은 후원자들이 힘을 보
태고 있으니 힘내서 잘 견뎌.
 좋은 드라마를 보거나 맛있는 음식을 먹거나, 뭐 특별한 일
이 아니어도 일상에서 자기를 늘 생각해. 그리고 매일 기도해.
우리가 아무 탈 없이 다시 만날 수 있기를…. 많이 보고 싶고
사랑하고 사랑해….

매일 밤 자기 전에 읽고 또 읽는 아내의 편지.
 내가 체포된 후, 중국에서 옥바라지를 해주던 아내는 영어를
가르치던 대학에서 끝내 비자를 내주지 않아 하는 수 없이 막내를
데리고 일단 미국으로 들어갔다.
 큰놈은 이제 머리가 커서 걱정이 덜 되었지만, 이제 막 중학생
이 되었을 막내 놈이 눈에 밟힌다. 그리고 돈도 없이 미국에서
혼자 애를 키우며 고생하고 있을 아내 생각에 마음이 착잡해진다.

 아침 7시에 갑자기 들이닥쳐 집안을 쑥대밭을 만드는 중국
공안들에 놀라 그만 울음을 터뜨리던 막내 놈, 그리고 그 순간에도
침착하게 애를 달래며 공안들에게 당당하게 항의하던 아내….
그 모습을 마지막으로 이젠 가족 얼굴을 본 지가 일 년 하고도

반이 훌쩍 넘어 버렸다.

평범했던 우리 가족에게 이런 어처구니없는 일이 벌어질지는 전혀 상상도 못 했다.

아니, 지금 생각해 보면 잡혀 오기 이전부터 경고음은 계속 울리긴 했다. 내가 그 위험성을 제대로 인지하지 못했을 뿐이다.

아내의 동료 교수들이 선교를 했다는 이유로 하나 둘 추방을 당하기 시작했고, 우리가 다니던 외국인 교회는 담임목사마저 부적절한 내용으로 설교를 했다는 이유로 중국에서 쫓겨나고 말았다.

처음에는 이전 지도자들과 달리 청렴한 이미지로 대중의 인기를 끌던 시진핑은 부정부패 척결이라는 구실로 꺼내든 칼을 시간이 갈수록 여기저기 사정없이 휘둘렀다. 공포정치를 통해 자신의 독재 체제를 굳히려 하고 있었다. 중국식 특색 사회주의의 우수성과 '닥치고 애국' 식의 국수주의를 전면에 내세워 인민을 완전히 자신의 뜻대로 장악, 통제하려는 그 과정에 조금이라도 걸림돌이 되는 건 모조리 걷어냈다.

내가 살고 있던 곳에서는 그 걸림돌이 종교였다. 그리고 첫 번째 타깃은 기독교였다. 공산당의 철저한 통제 아래 있는 삼자교회를 제외하고는 선교활동이 의심되는 모든 외국인과 단체에 본격적인 중국 공안과 종교국의 불법 도청과 미행이 시작되었고 꼬투리를 잡힌 이들은 바로바로 추방 조치되고 말았다.

아내가 영어를 가르치던 길림성의 연변과학기술대학은 외국인이 중국에 세운 최초의 사립대학이다. 미국 시민권자인 김진경 박사의 주도로 설립된 이 학교는 그동안 세계 각국의 교회에서 재정지원과 무료 자원봉사자 교수들의 협력으로 운영되어 왔다. 그리고 그 교수들이 자신의 학생들에게 전도를 하고 있다는 건 이곳에서는 비밀이라고 할 것도 없는 공공연한 사실이었다.

30년 가까이 이렇게 아무 탈 없이 운영되어 오던 학교였지만 하루아침에 달라졌다. 다시 공개적으로 '종교는 아편'이라고 규탄하고 나선 시진핑 공산당 정부에 의해, 매년 수십 명의 교수들이 불법 선교활동으로 체포 추방되기 시작했다. 그리고 마침내는 '외국인이 소유하거나 혹은 설립한 학교는 중국 한족만이 소유 운영이 가능하다'라는 공산당의 새로운 정책으로 인해 2021년 문을 닫기로 결정된 상태였다(예정대로 2021년 6월 마지막 졸업식을 치루고 폐교되었음).

한국은 물론 해외 각지의 한인 기독교인들의 귀중한 헌금을 모아 어렵게 세운 학교는 그렇게 한순간에 한족들의 손으로 넘어가게 될 판이다. 다니던 교회의 상황도 좋지는 않았다. 내국인은 출입이 안 되는 외국인 전용 교회라 그동안 중국 정부의 큰 간섭을 받지 않고 운영되어 왔지만, 종교국의 감시가 시작되었고 끝내 '설교 내용 중 공산당 정책에 반하는 부분이 있었다.'라는 이유로 담임목사가 추방되고 만 거다.

계속 이어지는 간섭에 교인들이 반발하자, 종교국은 한때 교회건물 자체를 폐쇄하는 강경수까지 두었다. 폐쇄 이유는 '사드' 사태 때 롯데를 비롯한 중국 내 한국 기업들이 당한 것과 똑같은 '소방안전'이었다. 교회는 하는 수 없이 종교국의 지시에 따르기로 하고 문을 다시 열었지만, 이미 많은 교인들이 떠난 데다 교회에서 교육, 찬양 등 중추적인 역할을 맡고 있던 많은 선교사 가족들까지 연이어 추방되어 이전의 모습을 찾기가 불가능해졌다.

중국 정부는 심지어 장애인 학교, 고아원 등 사회봉사 사업을 하던 사람들까지 추방했다. 마치 종교를 믿는 외국인 혐오증이라도 걸린 양, 조금이라도 자신들의 마음에 들지 않는 외국인들에게는 폭력적인 체포와 추방조치를 내렸다.

대한민국과 중국이 정식 수교를 하던 1992년, 이곳에 와 고아원을 설립, 운영해 오던 한국인 김 원장님도 자신의 손으로 벽돌 한 장 한 장을 쌓아 올린 고아원을 하루아침에 빼앗기고 중국에서 자신이 입양한 아이들만 데리고 쫓겨나고 말았다.

이곳에서는 그래도 제일 그럴싸한 아메리칸 수제 햄버거를 만들던 '지나스' 레스토랑의 미국인 주인 '베이든'도, 그리고 직접 원두를 볶아 제대로 된 커피를 내려 주시던 '로뎀' 카페의 바리스타 정 선생님도 모두 가게에서 숟가락 하나 제대로 건지지 못한 채 서둘러 떠나야만 했다.

지금 돌이켜 생각해 보니 주위에서 정말 많은 경고음이 울렸는데, 당시에 나는 전혀 내 일 같지 않게 여겼던 것 같다. 나는 아내처럼 독실한 크리스천이 아니었고, 내가 하는 사업도 선교와는 무관했다. 무엇보다도 나는, 중국에서 10년 넘게 살아오면서 미국 국적 사업가로서 '대접' 받고 있는 처지였다. 그러다보니 중화사상과 반미를 기치로 문화혁명 때로 회귀하고 있는 시진핑 독재정부의 참모습을 제대로 파악하지 못했던 것 같다.

　체포되기 네 달 전쯤 미국에 계신 어머니가 '미중 관계가 너무 험악해지고 있다.'라고 말씀하시면서 이젠 미국으로 돌아오는 것이 어떻겠냐고 물어오셨다. 나는 여긴 조선족 자치구이고 10년 넘게 살면서 나름 인맥도 있어 괜찮다면서 어머니를 안심시켜 드렸다. 하지만 일이 터진 후, 내가 가진 그 인맥이라는 것이 얼마나 알량한 건지, 또 조선족 자치구도 조금도 다를 것 없이 중국 공산당의 땅이라는, 너무나 당연한 사실을 새삼 깨닫게 되었다.

　한국으로 말하면 국회의원 격인 중국 인민대표 자리에 있던 조선족 지인들은 아내의 SOS 요청에 "이 사장이 간첩죄로 조사받고 있어 도울 길이 없다."며 모두 손사래를 쳤다고 한다. 자신들의 해외출장 때마다 정부에 제출해야 하는 각종 영어 서류를, 또 미국 출장 시에는 내 지인들을 통한 식사와 관광 등 편의 부탁을 해오던 조선족 전 · 현직 공무원들도 마찬가지였다.

체포영장의 최종 허락이 까마득히 높은 북경 공안부에서 떨어진 사실에 모두들 행여나 자신이 감찰부나 안전보위국에 도청이라도 당할까봐 아예 아내의 전화도 받지 않은 경우가 태반이었다고 한다.

어머니는 건강히 잘 계실까?
느닷없이 중국 감옥에 갇힌 아들 걱정에 노심초사할 팔순 노모 생각에 가슴이 메어온다.

"삼촌! 무슨 생각을 그렇게 하세요?"
이불보를 뒤집어 탈탈 털어 빨래집게 하나 없이 기술적으로 다시 쇠철봉에 걸어 놓은 경철이가 다가와 묻는다.
"가족 생각, 다들 어떻게 지내는지…."
"이제, 얼마 안 남았잖아요. 힘내세요! 삼촌!"
"그래, 고맙다. 근데 너는 가족 생각 안 나? 안 보고 싶어?"
"저야 뭐… 부모님 다 돌아가시고…. 가끔 누이 생각은 나죠. 옛날처럼 또 굶고 있지는 않는지…."
시원한 가을바람에 이리저리 펄럭이는 하얀 이불보들을 무심히 쳐다보며 경철이는 옛 생각에 잠기는 듯하다.
북한 함흥이 고향인 경철이는 스무 살이 채 되기도 전에 어머님을 잃었다. 중학교(6년제 중·고) 교사로 일하던 어머님이 자궁암에 걸리면서 경철이의 인생은 예전과는 전혀 다른 길로 접어들었다. 고난의 행군 시절, 강냉이죽도 못 먹는 판국에 어머니 수술은 커녕 약 한 첩 구하기도 힘들었다고 한다. 평양 보위부 요원으로 근무하던 아버지는 서둘러 함흥으로 올라와 가진 돈과 집까지 모두 팔아가며 아내를 살리기 위해 백방으로 노력했지만 허사였다고 한다.

변변한 약 한번 못 써보고 아내를 잃은 아버지는 이후 '백성들을 다 굶겨 죽이는 이런 미치광이 나라에서는 살 이유가 없다'며 국경 보위대에 파견된 동기를 찾아가 뇌물을 주고 탈북을 계획한다. 하지만 경철이의 얄궂은 운명은 점점 더 그를 생각해 보지도 못했던 엉뚱한 길로 끌어가고 있었다.

탈북을 앞두고 이전에 빌려준 돈을 받으러 갔던 아버지가 어이없게도 채무자의 손에 죽음을 당하자, 경철은 네 살 연상의 누이와 함께 원래 계획한 대로 탈북을 감행한다. 그리고 연길로 가서 아버지가 미리 일러주었던 조선족 친척을 만난다. 하지만 아버지가 죽은 사실은 안 그는, 원래 약속했던 미얀마 대한민국 대사관까지의 에스코트를 온갖 이유로 회피한다. 그 대신, 경철이를 북한 출신 불법체류자들을 많이 고용하는 요녕성 선양시의 어느 가구 공장으로 보내 버린다.

경철이는 하는 수 없이 그곳에서 다시 대한민국 대사관으로 데려다줄 브로커 경비를 모으기 시작하고, 한편으로는 탈북 도중

잃어버린 누이를 계속 수소문한다. 그러던 중 경철이는 그곳에서 같은 탈북자 출신 여자와 사귀게 되었는데, 같은 해, 경철이의 인생을 송두리째 뒤흔드는 사건이 일어난다.

여자 친구가 회사의 관리자에게 겁탈당한 사실을 알게 된 경철이는 몸싸움 중에 우발적 살인을 저지르고 만다. 당황한 경철이는 바로 도주를 했고, 중국 공안들을 피해 가며 무려 400킬로미터가 넘는 거리를 걸어 대련에 숨어든다.

칼날 같은 추위와 배고픔을 더 이상 참지 못한 경철이는 선양에서 일할 때 탈북자를 돕는 한국인 목사를 기억하고는 무작정 십자가가 있는 교회 건물로 들어가 도움을 청한다. "국경을 넘어 온 탈북자인데 먹을 것을 조그만 나누어 달라."는 부탁에 중국 삼자 교회의 한족 목사는 일단 경철이를 안심시키고는 바로 공안에 신고를 한다. 2주일 넘게 생고생을 하며 도착한 그곳에서 경철은 너무나 허무하게 체포되고 만다.

조사 끝에 선양 공안에까지 연락이 가 경철은 살인죄로 구속되고, 변호사도 없이 일사천리로 진행된 재판에서 '의도적 살인죄'로 사형집행유예를 선고받는다. (사형집행유예는 사형선고 뒤 2년간 수형자의 반성 여부 및 태도 등을 고려해 징역형으로 감형해 줄 수 있는 중국만의 사법제도이다.)

경철이는 선고가 내려지자 '고의가 아니었다'며 거듭 재심을 요청했지만, 중국 땅에서는 그 누구도 그의 억울함을 들어주지 않았다. 처음에는 단식, 자해 등으로 자신을 항변해 봤지만, 돌아온 것은 경관들의 폭력과 만신창이가 되어 버린 자신의 몸뚱이뿐이었다.

10년이 넘는 고된 수감생활은 많은 것을 '체념'하게 만들었고, 이제 경철이에게 계획, 희망, 꿈 같은 단어들은 먼 별나라 이야기가 되어버리고 말았다.

경철이는 다른 수감자처럼 출감 날을 손꼽아 기다리지 않는다. 어차피 이곳에서 나가면 바로 북한 국경수비대에 인계되어 교화소로 옮겨질 테고, 그곳에서 잡혀온 탈북자 그것도 보위대 출신 반역자 가족이 어떤 대우를 받을지 너무나 잘 알고 있기 때문이다.

경철이는 가끔 내게 꿈 얘기를 했는데, 주로 그 미래의 교화소에 관한 것이었다. 어릴 적 아버지에게 들은 참혹한 교화소의 모습이 보이고, 자신이 그곳에서 손에 피가 나도록 곡괭이로 언 땅을 파고 있거나, 아니면 찾아온 누이가 이미 화장되어 버린 자신의 뼛조각을 손에 쥐고 울부짖는 그런 내용들이었다.

"삼촌, 나가시면 제 부탁 하나 들어주실래요?"

가끔은 정 떨어지게 내가 사주는 반찬 하나도 쉽게 받지 않는 경철이가 웬일로 내게 부탁을 해온다.

"응, 말해봐. 할 수 있는 거면 해줄게."

"혹시 한국에 가시면 그 뭐야…, 탈북자 같은 사람도 쉽게 찾을 수 있을까요?"

"뭐 통일부도 있고 탈북자 단체들도 많으니까 그렇게 힘들지는 않을 것 같은데, 왜?"

"사실 어제 꿈에 누이가 나왔는데 아무래도 한국에 있는 것 같아요. 다시 보기는 힘들겠지만 그래도 내가 여기 있다는 사실이라도 알면 힘들게 찾으러 다니지는 않을 것 같아서요. 또 삼촌 아니면 이런 부탁 가능한 사람도 이젠 못 만날 것 같고…."

경철이는 뒷머리를 긁적이며 어렵게 입을 떼었지만, 사실 경철이의 누이는 지금 어디에 있는지가 문제가 아니라 생사여부도 확실치가 않다. 탈북 당시 중국 화룡 근처에서 중국 변경수비대에 발각이 되어 도망가는 와중에 그만 생이별을 하고 말았기 때문이다. 원래 약속했던 연길 친척집으로 연락이 오지 않은 것으로 미루어보아, 경철이는 지금까지는 내심 다시 북한으로 잡혀가 죽었거니 생각하고 있었다. 그런데 어젯밤 꿈에 누이가 보였는데, 그 배경이 뜬금없이 교화소가 아닌 자신이 사진으로 봤던 남조선이었다는 것이다.

"분명 남조선이 맞아요, 건물도 많고, 차들도 많고, 그리고 다 조선말로 되어 있었어요. 누이는 어떤 식당에서 일하는 것 같았는데, 설거지를 하면서 계속 남조선 노래를 부르고 있었어요."

"남조선 노래?"

"맞아요, 제목은 모르겠고, 누이가 북에 있을 때부터 늘 흥얼거리던 노래인데… 누이가 남조선에서는 그 뭐야, 전철역 노숙자들이 부르는 노래라고 하던데."

"노숙자들 노래? 그런 게 있어. 어떻게 부르는 건데?"

기억을 잠시 더듬던 경철이가 목을 가다듬고 노래를 시작한다. 못 먹고 일만 죽어라 한 까닭에 제대로 소리조차 내기 빈약해 보이는 경철이. 의외로 목소리는 미성이었고, 음감도 좋아 박자를 잘 탔다.

아무리 우겨봐도 어쩔 수 없네
저기 개똥 무덤이 내 집인 걸
가슴을 내밀어도 친구가 없네
노래하던 새들도 멀리 날아가네
가지 마라~ 가지 마라~ 가지 말아라~
나를 위해 한번만 노래를 해 주렴
나~나~ 나나나나~ 쓰라린 가슴 안고
오늘 밤도 그렇게 울다 잠이 든다
울다 잠이 든다~

나도 잘 아는 '신형원'이라는 가수의 '개똥벌레'라는 곡이었다. 정확하지는 않지만 아마 경철이가 태어나기도 전에 나온 곡인 듯싶다. 이전에는 한 번도 그런 생각을 못 해 봤는데, 가사를 가만히 곱씹어 보니 정말 노숙자가 자신의 처지를 노래하는 것 같아 피식 웃음이 났다.

북한의 선전대로 노숙자 천국이든 아니든, 난 경철이 누이가 그래도 죽지 않고 대한민국에서 살아 있기를 소망하며 경철이의 부탁을 꼭 들어주기로 결심했다. 그리고 그날 밤, 나는 이불보에서 나는 상큼한 냄새 때문인지는 몰라도 아주 오랜만에 행복한 꿈을 꿨다.

막내를 데리고 아내와 함께 어느 김밥 집에 갔는데, 경철이가 카운터에 그리고 그 누이가 옆에서 김밥을 말고 있었다. 무슨 말을 했는지 기억은 전혀 안 나지만 우리 테이블로 온 경철이 누이가 아내와 수다를 떨며 계속 깔깔대고 있었고, 나는 그 모습을 보며 김밥을 정신없이 집어먹고 있었던 것 같다.

알리

감옥에 오기 전 한국의 구치소쯤에 해당되는 연길 간수소에 있을 때였다. 새벽에 중국 소수 민족 중 하나인 회족 한 명이 들어온 적이 있었다.

소매치기로 잡혀온 이 녀석은 아랍·중앙아시아계 혼혈 민족답게 우리 동양인과는 외모가 많이 달랐다. 같이 지낸 시간은 얼마 되진 않지만, 무슬림에 언어장애까지 가진 남다름 때문에 녀석에 대한 기억이 쉽게 잊히지 않는다.

안 그래도 말을 못 하니 답답해 미칠 노릇인데 밖에서 뒷돈 한 푼 챙겨줄 사람 없는 개털 신세인 탓에 그는 '어이! 벙어리 새끼'라고 불리며 첫날부터 담당 관교에게 미운털이 박혔다. (중국에서는 교도관을 감옥에서는 '경관', 간수소에서는 '관교'라 부른다.)

우리가 좋든 싫든 매일 밤 7시면 부동자세를 취하고 시청해야만 하는 중국 중앙방송(cctv) 뉴스에서는 시진핑 주석의 탁월한

지도력으로 중국 내 소수 민족들이 빈곤에서 탈출하여 이젠 잘 살고 있다는 소식이 하루도 거르지 않고 보도되고 있었다. 무상으로 아파트에, TV에, 가구까지 선물 받은 회족을 포함한 여러 소수민족들은 서투른 푸퉁화(한족들이 사용하는 중국 표준어)로 카메라 앞에서 머리를 조아리며 중국 공산당에게 연신 감사를 표하곤 했다. 하지만 스무 살 남짓한 이 녀석의 집 얘기는 이런 뉴스와는 거리가 멀어도 한참 멀었다.

토굴 같은 흙집에서 살며 근근이 생활을 꾸려오던 녀석의 어머니는 형이 병에 걸리자 장애를 가진 자신까지 구걸로 치료비를 마련해 오게 했고, 그러다 녀석은 거리의 소매치기 조직에 들어가고 되었으며, 그 조직을 따라 돈을 훔치러 먼 이곳까지 오게 되었다고 한다. 하여간 뉴스에 나오는 회족들 스토리와는 많이 달랐지만, 녀석의 종교는 그들과 같았고, 그는 독실한 신자였다.

돼지고기를 절대 금하는 무슬림에게 간수소의 식단은 한마디로 고문 수준이었다. 벽에 큼지막하게 붙어 있는 간수소 규정에는 '외국인과 소수민족의 문화와 풍습을 존중한다.'라고 쓰여 있었지만, 그건 그저 말뿐이었다.

반찬 없이 하루 세 끼 나오는 식사는 딱 밥 한 공기와 국 한 그릇이었다. 밥도 밥이었지만 문제는 국이었다. 그래도 돼지고기가 주식인 한족들을 생각해서인지 살코기 한 점 찾아볼 수 없는 국에 늘 돼지비계 한 조각만은 둥둥 떠다녔다. 가끔은 채소로만 끓인 국도 식단에 있긴 했지만 조리 솥을 제대로 설거지 하지 않는 까닭인지 저녁에 나온 배춧국에도 아침에 먹었던 국의 돼지비계 찌꺼기가 들어 있곤 했다.

덕분에 녀석은 원치 않는 단식에 들어갔고, 3일째 되는 날 아침식사 시간, 철문을 따고 들어온 담당 관교는 할랄푸드(이슬람 율법에 따라 허용되는 음식) 대신에 안 그래도 못 먹어 비실거리는 녀석에게 주먹질과 발차기를 선사했다.

화가 치밀 대로 치민 관교는 성이 풀릴 때까지 녀석을 구타했고, 갑작스럽고 무자비한 폭력에 바짝 얼어붙은 수감자들은 숟가락을 놓은 채 아무 말 없이 숨죽여 그 모습을 지켜볼 뿐이었다.

"야! 넌 이 새끼 입 벌리고, 그래, 넌 저기 밥 가지고 와!"

"개새끼, 어디 안 처먹나 보자!"

퉁퉁 부어터진 녀석의 입이 강제로 벌어지고…. 그 벌어진 입속으로 돼지비계 국에 밥을 말아 흘려 넣는다. 눈가에 눈물이 가득한 채, 발버둥치는 녀석은 컥! 컥! 거리며 연신 뱉어내려 하지만, 관교의 지시에 따라 녀석의 사지를 붙잡고 있는 수감자들의 완력 때문에 역부족이다.

한 그릇을 고스란히 다 목구멍으로 흘려보낸 뒤 녀석은 마침내 풀려났고, 나가면서까지 쌍욕을 멈추지 않는 교관의 뒷모습을 보며 그만 목 놓아 통곡하고 만다.

꺼~이! 꺼~이!

꺼꺼꺼 ~꺼~이!

난생처음 들어 보는 울음소리였다.

피와 밥풀로 얼굴이 만신창이가 된 녀석의 통곡은 마치 덫에 걸려 울부짖는 어느 짐승의 것 같았다. 너무나 멀쩡한 외모 탓에, 난 녀석이 다른 수감자들과 글로 얘기를 나눌 때 가끔 '형기 때문에 일부러 벙어리 행세를 하는 게 아닌가?' 하는 의심까지 하곤 했다. 하지만 좀처럼 그칠 줄 모르던 녀석의 그 낯설고 처절한 울음소리는 그 후로도 내 기억 속에서 좀처럼 지워지지 않았다.

감옥에서 만난 알리는 그 녀석과 같은 무슬림이었지만 위구르족이었다. 위구르족은 쉽게 말하면 터키, 우즈베키스탄, 카자흐스탄 등 중앙아시아의 튀르크계 민족이다.

신장 위구르족은 중국 내 55개 소수민족 중에서도 중국 한족과는 가장 이질적인 민족이다. 외모뿐 아니라 언어와 문화, 종교까지 비슷한 구석이라곤 찾아보기 힘들다. 그 때문에 오랜 시간 중국의 지배를 받았지만 지금까지도 동화되지 않고 중국의 통치에 가장 강렬하게 저항하는 민족으로 남아 있다.

알리는 내게 영어로 처음 말을 걸어왔다. 어디서 구했는지 영어로 된 교재 몇 권을 들고 있었고, 그 책에 실린 문제를 물어왔다. 정확히 기억은 나지 않지만 영국 어느 출판사에서 발행한 독해 책이었는데, 훑어보니 5년 전쯤 중국의 국제학교에서 잠시 영어 강사를 할 당시에 사용했던 교재였다. 덕분에 큰 어려움 없이 꼼꼼히 가르쳐주었고, 그 후로 알리는 자기 전에 꼭 짬을 내어 책을 들고 우리 방을 찾았다.

알리는 중국 간수소와 감옥을 통틀어 내가 만난 수감자 중 가장 똘똘한 학생이었다. 간수소에서도 내게 영어를 가르쳐달라는 한족과 조선족 수감자들이 적지 않았는데, 원체 기초들이 없어 제대로 가르쳐주기가 힘들었다.

알리는 위구르족을 한족화하기 위한 중국 정부의 프로그램에 따라 고등학교 때 국비유학생으로 선발되어 베이징으로 와서 중국 공산당 체재 아래서 교육을 받기 시작했다. 그 후, 대학교도 학비와 생활비까지 전액 국가 장학금으로 다니고 있던, 한마디로 엘리트 위구르족으로, 차세대 신장 위구르 자치구 리더감이었다. 하지만 알리는 고작 일 년이라는 대학생활을 끝으로 체포됐고, 이곳 티베이에서만 7년째 복역 중이다.

척박한 땅에서 평생 양만 치며 근근이 살아온 가난한 부모와 누이에게는 집안의 희망이고 또 동네의 자랑거리였던 알리가 저지른 죄는 무엇이었을까? 단지 불온한 영상을 봤다는 것이었다.

인터넷을 통해 중국 공산당에 대항해 독립을 요구하며 테러를 저지르는 위구르인의 영상을 찾아봤고, 또 그 영상에 공산당의 심기를 건드리는 댓글까지 달았다는 이유로 징역 8년을 받았다.

아무리 중국 공산당 정부가 돈까지 주며 팍팍 밀어준다고 해도 어릴 적 몸소 겪었던 한족들의 질시와 차별 그리고 '탱크가 지나가면 피로 물든 아스팔트를 씻어내기 위해 소방차가 그 뒤를 따랐다'는 참혹했던 탄압의 기억들 때문에 알리는 쉽게 변절자 위구르인이 되기는 싫었던 것 같다. 다 낡아빠진 검은 천을 깔고 앉아 틈틈이 기도할 때만 빼면 늘 분노에 찬 눈빛을 주위에 보이던 알리는, 내게는 전혀 경계심을 보이지 않았다. 그리고 나도 그에게 가급적이면 정치니 독립이니 테러니 하는 얘기는 아예 꺼내지도 않았다.

"선생님은 추방되면 미국으로 가나요?"

(알리는 나를 선생이라는 중국어 '라오쓰[老师]'로 불렀다.)

"나야 미국 국적자니까 일단은 미국으로 추방되겠지. 그런데 왜?"

"아니에요. 그냥 혹시 제가 선생님을 다시 만날 수 있을까, 한 번 생각해 봤어요."

"난 추방당하면 중국엔 당분간 못 들어와. 넌 똑똑하니까 나가면 네가 미국으로 유학 와! 그럼 만날 수 있잖아!"

난 석방이 얼마 남지 않은 알리에게 처음으로 조심스럽게 내 속마음을 전했다.

"억울한 네 마음도 잘 알겠지만 부모님도 생각해야지. 잠시 머리 숙인다고 영원히 숙이는 건 아니잖아!"

내 말에 알리는 대답 대신 그냥 힘없는 미소로 답했다. 그리고 난 아직도 그 미소의 의미가 '예스'였는지 '노'였는지 알지 못한다.

알리는 이곳에서 석방이 되어도 곧바로 신장 위구르 자치구의 수용소로 끌려가 사상 재교육을 받아야 한다. 중국 공산당이 위구르 민족과 문화를 말살하기 위해서 만든 이 재교육 캠프는 수많은 여성 수감자들이 한족 경관들에 의해 조직적인 강간, 집단 성추행, 고문, 강제 피임이 자행되는 곳으로 이미 악명 높은 곳이다.

알리 같은 남자 수감자들은 강제노역과 함께 공산당과 시진핑을 찬양하고, 혁명가를 부르는 '세뇌' 과정을 거쳐야 한다. 그 과정을 통해 자신들의 언어, 종교, 문화를 버리고 중국 공산당으로 거듭나지 않으면 무자비한 고문이 뒤따르고 또 언제 석방될지도 알 수 없다.

알리의 나이 드신 부모님은 일 년에 한 번, 이곳 장춘 티베이 감옥에 오신다. 신장에서 이곳까지의 거리는 중국 대륙을 횡단하는 것이나 마찬가지다. 직행은 없지만 비행기를 타면 그래도 비교적 쉽게 올 수 있겠지만, 가난한 노부부는 아들을 보기 위해 버스에서 며칠 동안 쪽잠을 자고, 기차를 여러 차례 갈아타고, 그렇게 꼬박 일주일이 걸려 이곳을 찾아온다.

알리도 나와 비슷하게 위구르 언어와 글을 할 줄 아는 경관이 없다는 이유로 7년간이나 가족들과 전화도 편지도 하지 못했다. 중국 푸퉁화를 전혀 하지 못하는 알리의 부모는 처음엔 면회까지 거절당했지만, 알리 어머니의 대성통곡 탓에 감옥 측에서는 하는 수 없이 중국어 통역이 가능한 다른 위구르족 수감자 입회하에 면회를 허가해 주었다.

면회실 유리 칸막이를 사이에 두고 볼 때마다 더 야위어 가는, 눈에 넣어도 안 아플 외아들의 모습에 노부모는 하염없이 눈물을 흘리고, 없는 살림에 일 년 치 영치금을 마련해 매년 이 먼 길을 찾아와 주는 늙은 부모의 고맙고 안타까운 모습에 자식은 눈물을 흘린다.

그렇게 7년을 견디어 왔건만, 알리는 또 얼마나 긴 시간을 신장의 수용소에서 보내야 될지 알 수 없다.

"지금 잠시 머리 숙인다고 영원히 숙이는 것 아니잖아?"

나는 내친김에 알리에게 한 번만 더 부탁해 본다.

부모의 입장일 수밖에 없는 나는 알리가 잠시라도 그 분노를 가라앉히고 공산당에게 거짓이라도 머리를 조아려 수용소에서 하루라도 빨리 나갈 수 있기를 바랄 뿐이다.

언젠가 보았던 신장 위구르 자치구의 세계자연유산 '천산 천지'의 풍경이 떠오른다. 사시사철 웅장하고 아름다운 자연 그대로의 모습. 그곳을 터전으로 수천 년을 살아온 위구르족은 이젠 독립은커녕 에너지 노른자 땅을 영원히 자신들만의 것으로 만들려는 중국 공산당의 야욕으로 인해 인종청소까지 당할 판국이다.

점심시간, 언제나 혼자 구석에 서서 반찬 하나 없이 손에 쥔, 밥 한 덩어리에 어렵게 구한 할랄푸드 간장을 뿌려 먹던 알리의 안쓰러운 모습이 생각난다.

유난히 춥던 그해 겨울, 그는 티베이 감옥에서 형을 다 마치고 또다시 신장 위구르 자치구의 어느 재교육 수용소로 이감되었다.

티베이 감옥

나는 이곳 티베이에서 새벽 4시면 눈을 뜬다. 원래 기상 시간은 아침 6시지만 서두르지 않으면 안 되었다. 안 그러면 아침부터 지옥을 맛보게 되기 때문이다.

낡고 비좁고 악취가 진동하는 화장실은 중국스럽게 칸막이 하나 없이 모두 탁 트여 있다. 6시에 일어나 용변을 보려면 인간의 자존심, 수치심 이런 말들은 모두 잊어야 한다. 빤히 쳐다보고 있는 대기자들의 부담스러운 눈길도 눈길이지만, 앉아 볼일 보는 사람들을 전혀 아랑곳없이, 변기와 변기 사이의 그 좁은 공간에 떡하니 대야를 놓고 사방으로 물을 튀기면서 세수를 하는 인간들부터 바로 코앞에서 가래침과 양칫물을 연신 뱉어내는 인간들까지….

난 이런 상황에서 도저히 볼일을 해결할 자신이 없어 잠을 줄여 그래도 한적한 새벽시간에 모든 일을 마치려고 애쓴다.

아침은 그렇게라도 '야만'을 피해 갈 수 있지만, 저녁은 방법이 없다. 대변을 보는 놈 바로 앞에서 '아이고! 차가워!, 아이고! 차가워!' 소리치며 찬물을 끼얹어 목욕을 하는 놈, 변기 사이에 몸을 구부리고 머리를 감는 놈, 소변기에서 식기를 닦는 놈, 바닥에 쭈그려 앉아 빨래를 하는 놈, 그 와중에 구석에 모여 담배를 피워대는 놈들까지…. 희뿌연 담배 연기로 가득한 그곳은 한마디로 아수라장 그 자체다.

난 그래서 저녁에는 씻지도 볼일도 보지 않았다. 그리고 조금은 지저분하고 부끄러운 얘기이지만, 감옥에 있는 동안 제대로 목욕을 해본 적이 없다. 심심하면 영하 20도가 내려가는 이곳 겨울 날씨에 찬물로 목욕을 했다가는 백발백중 감기에 걸린다는 사실을 간수소 생활을 통해 이미 잘 알고 있었기 때문이다.

약 한 알 얻기 힘든 이곳에서 아프기까지 한다면 아내와 아이들 생각으로 간신히 붙잡고 있는 정신을 그만 놓쳐 버릴 것 같아 늘 두렵고 무서웠다.

이곳 티베이 감옥이 정확히 언제 생겼는지는 모르겠지만 처음에는 국민당 전쟁 포로들이 수감되어 있었다 하니 족히 60년은 넘은 것 같다. 날림공사로 10년만 지나도 위태위태해지는 게 중국 건물인데, 중국 내전 후에 바로 지은 이 건물의 상태는 정말 말로 형용하기 힘들 정도로 참담했다.

건물 외벽은 여기저기 모두 금이 가 있고, 그 틈새로 잡초들이 흉물스럽게 비집고 나와 있었다. 내부의 좁은 통로 위로는 온갖 전선과 파이프들이 지나가고, 그 파이프에서 생긴 누수 때문인지 벽면의 페인트는 이미 다 떨어져 나가, 흉물스럽게 시멘트 표면이 그대로 드러나 있었다. 4층 건물의 층계들은 모서리 부분들이 다 부서져 있어 층계를 오를 때 여간 조심하지 않으면 안 되었다. 복도와 방의 불은 늘 침침하여, 난 가끔 폐건물 속에 갇혀 있는 것 같은 착각에 빠지곤 했다.

건물 상태가 이 모양이니 가장 기본적인 난방, 온수마저 어려웠다. 온수는 원래부터 공급 자체가 안 되었고, 일정 온도 밑으로 내려가면 공급해야 하는 난방도 제대로 공급되어 본 적이 거의 없었다. 영화 20도로 떨어져도 벽에 붙은 난방용 라디에이터는 언제나 얼음장 그 상태였다.

이곳 티베이에는 우리 8대대 백여 명을 포함, 총 2천여 명의 죄수들이 복역 중이다. 길림성에서 사형집행유예수, 무기수 등의 장기 수감자들을 수용할 수 있는 몇 안 되는 중죄인 감옥이다.

들리는 얘기로는 티베이 감옥장(소장)은 다른 감옥보다 먼저 성 내의 간수소에 뒷돈을 주고 노동력이 좋은 젊은 장기수들을 사 온다고 했다. 그렇게 티베이로 팔려온 장기수들은 이곳에서 평균 20년 가까이 한 달에 고작 몇십 위안의 임금을 받으며 강제노동에 투입되었다.

우리 8대대는 장춘 폭스바겐 자동차 하청업체 일을 받아 했지만, 다른 대대는 인근 공장에서 봉제, 용접 등의 다양한 일을 닥치는 대로 받아서 했다. 그리고 우리 죄수들의 노동으로 얻어지는 수익의 많은 부분이 감옥장으로부터 간부, 말단 경관에 이르기까지, 하여간 이곳의 모든 교도공무원들의 뒷주머니로 골고루 들어간다고 했다. 때문에 감옥장은 질 좋은 죄수 스카우트에 열을 올리고, 경관들은 작업 생산량을 올리기 위해 매일매일 죄수들을 족치는 것이 일이었다.

이걸로는 성이 안 차는지 티베이 교도공무원들은 시진핑의 '부정부패척결'이라는 구호가 무색하게 온갖 방법으로 죄수와 그 가족들을 쥐어짜 돈을 뜯어낸다.

감옥 입관대에서 한 달간의 신입 훈련이 끝나면, 감옥장과 간부들은 빽 있고 돈 있는 죄수들에게 청탁을 받고 그들을 노역을 하지 않아도 되는 간부 대대(처장급 이상 되는 고위공무원들로 구성된 대대)나 의무대대로 빼 주었다.

일반 경관들은 건당 액수는 적지만 대신에 돈을 뜯어내는 방법이 무궁무진했다. 불법 전화통화, 편지 전달, 면회 규정 위반, 사제품 반입 등, 밖에서 애타는 가족들의 마음을 이용해 온갖 이유로 돈을 챙겼다. 하지만 그들에게 가장 조직적이고 큰 먹거리는 매점 운영과 관련된 것이었다.

티베이 감옥에서 일반 죄수가 사용할 수 있는 영치금 액수는 한 달 최대 400위안(한화 7만 원 정도)이다. 중국 물가만 생각한다면 아쉬운 대로 견딜 만한 액수다. 하지만 밖에서 2위안씩 하는 빨랫비누를 5위안씩 받는 이곳의 살인적인 물가 때문에 그 돈으로는 생활하기가 빠듯했다.

공급업체는 매년 만만치 않은 돈을 찔러줘야 하니 어쩔 수 없이 비싸게 받을 수밖에 없는 노릇이지만, 업체로부터 이미 뒷돈을 받아 챙긴 감옥은 죄수들에게 또 돈을 뜯어낸다. 한 달 400위안이라는 상한선을 풀어주는 대신, 20퍼센트라는 엄청난 수수료를 받는다. 쉽게 말하면 카드깡 같은 짓을 하는 것이다. 어느 죄수가 한 달에 1,000위안을 사용하고 싶다면 상한선을 넘은 액수 600위안에 대해 20퍼센트의 수수료를 바쳐야 하는 거다. 그러니까 감옥 측에서는 눈감아 주는 대신 120위안을 날로 떼어 가는 셈이다. 그리고 티베이에는 한 달에 1,000위안이 아니라 2,000위안을 가지고도 어림없는, 돈 많은 죄수들이 부지기수였다.

이런 돈 때문인지는 몰라도 왕 경관 같은 핫바리도 자신의 연봉을 다 모아도 못 살 것 같은 명품시계를 차고 다녔다.

마지막으로, 담배 판매가 있다. 원래 감옥에서는 잎담배밖에 팔지 않는다. 위에서 보기에 일반 필터 담배는 자신들이 정해 놓은 한 달 400위안이라는 상한선에 비해 너무 고가품이었기 때문이었을 것이다. 죄수들이 웬만한 담배를 하루에 한 갑만 피워도 한 달이면 300위안이니 '그냥 다 끊어라'라고 하기에는 조금 무리인 것 같고, 그래서 아마 차선책으로 50위안이면 한 달 내내 피울 수 있는 잎담배만 판매하는 것 같았다.

하지만 밖에서 필터 담배만 피우던 죄수들이 맛도 떨어지고 일일이 손으로 말아 피워야 하는 잎담배를 결코 좋아할 리 없었고, 또 부패한 이곳 교도공무원들이 그 틈새시장을 그냥 놔둘 리도 없었다.

필터 담배는 각 대대의 대장(죄수 중 선발)이 원하는 수감자들에게 주문을 받아 담당 경관들을 통해 구입하는 방식이었다. 물론 그 과정에서 대장과 경관이 수수료를 떼어갔다. 물론 경철이처럼 돈이 없어 '말아초'만 피우는 수감자도 있긴 했지만, 조금만 여유가 있는 흡연 수감자들은 모두 웃돈을 얹어주고서라도 필터 담배를 구입해 피웠다.

입관대 대장인 이장기는 입관대뿐 아니라 간부 대대의 담배 판매까지 통틀어 책임지고 있었다. 입관대에 있을 때 이 대장이 간부 대대에 납품하는 담배를 내게 보여준 적이 있었다.

한 보루에 800위안짜리(한화로 약 14만 원) '중화' 담배부터 2,000위안이 넘는 난생 처음 보는 고급 담배들도 즐비했다. 난 그때 눈이 휘둥그레져 이 대장에게 '담배 가격이 비싼 만큼 마진도 상당하겠네요.'라며 오랜만에 전직 비즈니스맨 같은 질문을 했던 것으로 기억한다.

뉴스를 보면 인민을 위한 청렴한 공산당을 자부하는 시진핑

정부…. 외국인인 내가 한 달만 있어 봐도 빤히 다 보이는 이 비리천국이 정말 안 보여 못 잡는 건지, 아니면 시진핑 인척 비리처럼 알고도 안 잡는 건지 헷갈렸다.

입관대의 기억

　감옥으로 이송되어 내가 처음으로 들어간 곳은 군대로 따지면 논산훈련소 같은 '입관대'였다.

　중국 특수부대 출신인 이장기는 흑사회(黑社會, 중국 내에 존재하는 뒷세계를 총칭하는 말) 행동대장으로 활동하다가 살인을 저질러 18년형을 선고받았다. 그리고 이곳에서 체포 당시 한 살이던 딸아이가 대학입시 시험을 볼 때까지 입관대 대장이라는 타이틀을 가지고 복역 중이었다.

　당시 10개월 후면 만기 출소가 예정되어 있었던 그는, 내가 입관대에 있을 때 전혀 예상치 않게 나에게 많은 배려를 해주었다.

　"조선 놈, 일본 놈, 러시아 놈부터 흑인 놈들까지 다 받아봤지만 미국 놈은 또 처음이네! 하하하!"

　호탕하게 웃으면서 내 관련 서류를 들쳐보던 그는, 내가 일반 파렴치범이 아닌 걸 알고는 그 뒤로부터 이것저것 참 많이 나를 챙겨줬다.

신입이라고 하지만 그래도 밖에서는 모두 험악하기로는 한 가닥 했을 죄수들의 기를 초장에 잡는 역할을 맡은 그는, 예전에 배운 특공무술인지 아니면 삼합회에서 갈고닦은 싸움 기술인지 하여간 꼴통을 부리는 녀석들을 허구한 날 화려한 주먹질과 발차기로 응징했다. 하지만 내게는 늘 예의를 지켰고 또 다정하게 까지 대해 주어 감옥에서 가장 힘들다는 그 입관대 훈련을 그나마 무사히 마칠 수 있었던 것 같다.

특히 감옥 이감 직후, 연길 간수소에서 이쪽으로 바로 보내주겠 다던 남은 내 영치금은 감감무소식이었고, 예기치 못한 갑작스러 운 이감으로 아내도, 지인도, 미국 영사도 허둥지둥 영치금 입금 방법을 찾고 있을 때였다. 처음 한번 무료로 배급 받은 비누도, 치약도, 휴지도 다 떨어지고 돈도 없어, 말 그대로 거지꼴을 면하지 못하고 있을 때, 이 대장이 어떻게 알았는지 휴지를 포함한 갖가지 생필품을 바리바리 싸서 내게 보내주었다.

난 그 덕분에 오랜만에 마음 편히 배변을 볼 수 있었고, '이 대장이 미국 놈 뒤를 봐준다.'는 소문까지 나서 다른 수감자들과 쓸데없는 시비에 휘말릴 필요도 없어졌다.

일 년이 넘는 간수소 생활로 높아진 혈압과 새롭게 얻은 당뇨병 까지, 간수소에 있을 때는 그나마 아내가 꼬박꼬박 챙겨 보내주는 약이라도 있었지만 이곳은 완전히 달랐다. 지병이 있다고 말해도 검사조차 제대로 해주지 않았고, 변호사는 물론 바깥의 그 누구와도 연락을 할 수 없으니 당장 약을 구할 길이 없었다.

어느 날인가, 공산당 찬가와 함께 하루 종일 계속된 제식 훈련에 녹초가 되었고, 그동안 약을 복용하지 못한 탓인지 머리가 지끈지끈 아파왔다. 그리고 그날 취침 중에 일어나 화장실을 갔다 오다가 복도에서 어지럼증이 나서 그만 몸의 중심을 잃고 말았다. 다행히 함께 있던 탈북자 출신 수감 동기 명철이가 재빨리 잡아줘 큰 부상을 면한 적이 있었다.

이 대장이 어떻게 그 소식을 알았는지 의사 처방도 없이 싸구려 약이지만 혈압약을 구해 주었고, 담당 경관에게 말해 제식 훈련에서도 나를 열외시켜 주었다. 당시에는 덕분에 참 편하긴 했지만 나중에는 그것이 독이 되어 8대대에서는 행진할 때마다 담당 경관에게 구박과 질타를 받았다.

이 대장은 또 내 형기가 얼마 남지 않았다는 이유로 입관대에 나를 계속 붙잡아 둘 생각이었다. 입관대 담당 경관의 식사배달이나 사무실 청소 같은 쉽고 잡다한 일거리나 쉬엄쉬엄 하다가 출감하라는 그의 배려였다.

어느 날, 간부 대대로 담배 배달을 가려는 모양인 그가 나를 불렀다. 고급 담배 수십 보루와 이곳에서는 볼 수도 없는 귀한 포장 반찬과 통조림들이 한가득인 포대자루를 내게 메게 했다.

그와 함께 외출증 완장을 차고 간부 대대 건물 앞에 다다랐을 때, 전직 고위공무원들은 모두 밖에서 삼삼오오 짝을 지어 산책 중이었다. 주위에 수행비서인 양 보이는 두 사람을 데리고 머리가 희끗희끗한 풍채 좋은 양반 한 분이 나타났고, 난 이 대장의 지시에 따라 둘러멘 포대를 그 주위 사람들에게 인계했다.

이 대장은 감옥장의 지시에 따라 뇌물죄로 잡혀 있긴 하지만 그래도 아직 나름 '꽌시(관계/줄)'가 살아 있는 전직 고위공무원에게 청탁용 뇌물을 전하러 갔던 것이다. 이 대장은 간 김에 올해 대학시험을 본 자신의 딸아이를 위해서 어느 대학에 총장으로 있었다는 수감자를 만나 별도의 뇌물을 먹이는 자상한 아버지 역할도 했다.

돌아오는 길에 이 대장은 "'그냥 나갈 때까지 아무 걱정 말고 입관대에 있다 가라."고 말하며 "담배나 필요한 게 있으면 언제든지 말하라."는 살가운 당부까지 해주었다.

감옥장의 두터운 신임 덕에 일반 죄수 중 가장 막강한 파워를 가졌다고 소문난 그는, 그 정도의 권한은 늘 가져왔던 것 같다. 휴대폰을 소지하고 다녔고, 낮에는 경관들과 같은 사무실에서 일하며 같은 음식을 먹었다. 그리고 앞서 말했듯이, 수감자들에게 아무 거리낌 없이 폭행을 가할 수 있는 것도 경관들과 같았다.

나는 사실 고혈압과 당뇨로 의무대대라도 배정받기를 내심 원하고 있었는데, 이 대장의 말에 그저 고마울 따름이었다.

아내가 어렵게 중국 지인에게 부탁해 영치금이 들어온 날,

나는 티베이 감옥 입관대 동기인 명철이를 포함한 북한 자강도 출신 삼총사에게 한턱을 쐈다. 그들 중 리더 격인 삼십대 중반 명철이는 입관대 첫날부터 늘 내 옆에 붙어 날 보살펴줬다.

"형님, 놔두세요, 저놈들 시키면 됩니다, 걍 쉬시라요."

이불 정리도, 설거지도, 하여간 내가 뭐든 하지 못하게 말렸다. 당시 내가 돈 한 푼 없는 걸 잘 알면서도. 그저 말이 통하는 동포이고 연장자라는 이유로 녀석은 살갑게 '형님! 형님!' 하며 틈만 나면 미국, 한국에 대해 이것저것 물어보며 날 따랐다.

그간의 고마움에 대한 보답도 하고 앞으로 첫 월급을 받기까지 빈털터리 신세일 그들이 걱정되어 난 물품 주문서를 명철이에게 건넸다.

"난 입관대에 남을 테니 필요한 거 따로 없어. 니들 꼭 필요한 것들 주문해! 휴지처럼 꼭 필요한 것들은 넉넉히 사 가지고 가. 또 없어서 지난번처럼 망신당하지 말고, 알았지?"

명철이는 휴지가 없어 화장실을 제대로 못 가던 한 동네 동생을 위해 휴지를 훔치다 그만 딱 걸려버린 적이 있었다. 휴지는 떨어졌고 매번 계속해 빌려 달라는 것도 눈치가 보이자 그냥 옆자리 한족 놈 것을 슬쩍해 버린 것이다.

자기도 넉넉지 못한 데 도둑까지 맞은 한족 녀석은 길길이 날뛰었다. 조선 거지새끼들 운운하며, 먹을 것이 없어 굶어죽을까 봐 일부러 중국 감옥에 왔다며 한참 동안 명철이에게 쌍욕을 퍼부어댔다. 하지만 명철이는 의외로 담담했다.

"까마귀 같은 새끼! 꼴랑 휴지 한 통에 생 지랄이구만!"

어차피 중국어는 전혀 못 알아듣고 또 말은 안 했지만 절도가 주업인 듯한 명철이는 이런 상황에 꽤 내공이 쌓인 듯 보였다.

서로 돌아가며 눈치를 보던 중, 삼총사의 막내인 외자 이름을 가진 '솔'이가 물어온다.

"아저씨, 정말 사도 됩네까?"

"응, 사도 돼, 200위안까지 된다니까, 계산해서 200위안어치 주문해!"

다른 수감자들은 한 달에 400위안인데 난 200위안까지밖에 안 된다고 했다. 난 왜 내 명찰 색깔이 일반 수감자들과 다른 고동색인지 그때 알았다. 흑사회, 그러니까 조직폭력 단체 같은 공산당이 엄중하게 여기는 범죄를 저지른 죄수들은 징벌적 차원에서 영치금 사용 한도를 낮추고 명찰도 고동색으로 구분한다는 것이었다. 하지만 외국인 죄수인 나를 그 안에 포함시킨 이유는 아직도 궁금할 따름이다.

휴지 9통, 치약 6개, 비누 6개, 빨랫비누 6개….

서로 공범들이라 입관대를 떠나면 다른 대대로 헤어져야 한다는 사실을 잘 알기에 녀석들은 모든 물건 개수를 3의 배수로 주문했다. 먹을 것 하나 없이 꼭 필요한 생필품만 샀는데도 가격도 가격인 데다 3인분이다 보니 금방 한도액까지 차올랐다. 명철이가 미안한 듯 쭈뼛쭈뼛 주문서를 내놓는다. 총 198위안이었다. 2위안짜리 물품은 없으니 꽉 채운 거나 마찬가지였다.

"형님, 정말 괜찮겠어요?"

"걱정 마. 대대 발령 받으면 일 힘들 텐데 니들이나 잘 버텨!"

아무 말 없이 내 손의 주문서를 다시 한 번 훑어보던 명철이가 갑자기 닭똥 같은 눈물을 뚝뚝 흘린다.

"죄송합니다. 형님, 저희 같이 염치없는 꽃제비 새끼들 만나 형님 좋아하는 라면 한 그릇도 못 사 드시고….."

목이 메는지 명철이는 말을 제대로 잇지 못하고 훌쩍훌쩍댄다. 내가 이전에 컵라면을 먹고 있던 다른 죄수를 보며 "라면 먹어본 지가 일 년이 넘었네!"라고 무심히 했던 말이 아마도 녀석의 마음에 걸렸나 보다.

"10년병 인민군이 왜 이래? 나야 돈 있는데 이번 달 못 먹으면 뭐, 다음 달에 사 먹으면 되지 뭐!"

난 어색해진 분위기를 풀어 보려고 명철이가 그렇게 입에 달고 다니던 '10년병 인민군' 얘기를 꺼냈고, 다행히 녀석은 눈물을 훔치며 다시 멋쩍은 미소를 지어 보였다.

리더 격인 명철이와 한 동네 동생 솔이, 그리고 이종사촌 조카뻘이라는 광수까지 이렇게 세 명은 2년 전 국경을 넘어 중국 조선족 자치현인 장백현으로 숨어들었다. 그리고 최종 목적

지인 백산시로 가기 위해 오토바이를 훔쳤다. 그로 인해 절도죄로 징역 4년을 선고받고 장백현 구치소에 수감되어 있다가 이곳 티베이로 이감되어 왔다.

비법 월경죄까지 감안하더라도 고작 농가의 낡은 오토바이인데 4년이라는 형은 과해도 너무 과해 보였다.

연길 간수소에 있을 때 4만 위안인가를 훔친 죄로 들어온 한족 절도범이 있었는데, 피해를 배상해 주고 고작 1년 3개월인가를 받은 것으로 기억된다. 물론 녀석은 변호사가 있었지만 말이다.

명철이 일행은 자기 동네에서 살다 중국으로 탈북해, 당시 한족 노인네와 살림을 차린 아줌마가 좋은(?) 일거리가 있다는 소식을 전해오자 서둘러 국경을 넘었다고 한다.

중국 국경 바로 맞은편 동네에서 30년 넘게 살아온 명철이에게 국경을 넘는 건 그리 어려운 일이 아니었다. 원래부터 주변 지리와 국경수비대의 동선을 훤하게 꿰고 있었다. 또 인민군에서 장기간 복무한 그는, 날쌔고 깡도 있어 뭍이면 뭍, 강이면 강으로 다 월경이 가능했다.

10년 동안 그것도 고난의 행군 시절, 인민군에서 죽을 고생을 하고 돌아왔는데 와 보니 아무런 혜택도 없고, 일을 해도 배급으로는 노모와 아내 그리고 하나뿐인 아들 밥 먹고 살기에도 팍팍했다고 한다. 쌀이 떨어지기 일쑤였고, 한 달에 강냉이(옥수수)

죽으로 때워야 하는 날이 점점 더 많아졌다.

"인민군에 있을 때부터 알아봤어요. 우리 북조선 꼬락서니 말이에요. 10년 동안 휴가라고는 딱 한번 나왔는데, 왜 나왔는지 아세요? 강원도 휴전선 앞 전방부대에서 복무했는데 하도 못 먹으니까 영양실조 걸려 죽는 놈, 산에서 아무거나 캐 먹다 병 걸려 죽는 놈, 나중에는 남한으로 도망가는 놈까지, 하여간 별 놈이 다 생기더라고요. 아, 그 남쪽으로 도망간 놈은 나중에 남한 방송에서 그러던데요? 어느 대학 지리학 교수가 되어 잘 먹고 잘 산다고….

아무튼 먹을 것이 너무 없으니까 부대에서 저보고 고향에 가서 씨감자를 가져오라는 거예요. 저희 고향 자강도와 강원도 기후가 비슷해 한번 심어 보겠다고. 그래서 감자 가져올 배낭을 찾았는데 군대에 배낭은커녕 제대로 된 포대기 하나 없는 거 있죠. 나 참, 어이가 없어서…. 그렇게 빈손 거지꼴로 기차를 타고 자강도로 올라오는데, 중간에 기차가 딱 멈추는 거예요. 그때는 전기도 잘 끊기고 또 한 번 끊기면 며칠이고 세월아 네월아 기다리는 수밖에 없던 시절이었는데….

그만 기차에 타고 있던 여자 군관 하나가 죽은 거예요. 왠지 아세요! 나 참, 어이가 없어서…. 굶어죽은 거예요! 굶어죽은 거! 며칠째 시골에서 기차가 못 움직이니까 다른 승객들은 주변 농가에 가서 구걸하고 동냥 받아 어떻게든 기차를 고칠 때까지 견뎠는데, 이 여군관은 자존심 때문에 그 짓도 못하고 그냥 배곯아 굶어죽은 거죠. 그때 내가 알아봤죠. 이 김씨 집안 나라 꼬락서니가 어떻게 될지⋯.”

아무튼 명철이의 그때 예상대로 나라꼴이 갈수록 힘들어지자 배급 양도 점점 줄어갔고, 공산당은 인민을 그냥 굶어죽게 할 수는 없으니까 장마당 장사도 눈감아 주고 주변 땅을 개간해 개인적으로 농사를 짓는 것도 모른 체해 주었다고 한다. 농번기 때면 직장에 안 나와도 다들 그냥 그러려니 했다고 한다.

명철이네도 육십 넘은 노모는 뒷산을 개간해 농사에만 전념했고, 아내는 멀리 혜산까지 다니며 장사를 시작했다. 그러던 중 노모의 혀에 원인 모를 혹이 생기고, 아내는 뜻하지 않게 둘째를 갖게 되었다. 다급해진 명철이는 다니던 집단 공장에는 뒷돈을 주고 이름만 걸어 둔 채, 국경을 오가는 풀타임 밀수 및 절도꾼으로 변신했다. 다행히 살림은 조금씩 나아져 갔고, 그러던 중 중국에서 ‘좋은 일거리’가 들어온 거다.

명철이는 어머님 치료비에 둘째 문제까지 한 번에 해결이 가능한 이 건수를 위해 팀까지 구성해서 국경을 넘었지만, 북한에서 넘어오는 좀도둑들에게 당할 만큼 당해 이를 갈고 있던 장백현의 조선족 주민들에 의해 ‘좋은 일거리’는 시도도 해보지 못하고 어이없게 들어가는 길목에서 잡히고 만 것이다.

원래 장백현에서 백산시까지 도보를 이동하려던 계획이었던 삼총사는 농가에 서 있는 오토바이를 보고는 계획을 급수정한다. 오토바이를 훔쳐 밤에만 이동하고 낮에는 숲속에 숨어 잠을 잔다는 계획이었다. 하지만 훔친 오토바이가 원체 낡아 고장이 나고 또 한 대는 기름마저 떨어지자 시간만 허비하고 얼마 이동도 하지 못한 꼴이 되고 만다.

삼총사는 하는 수 없이 인근 농가에서 또 다른 오토바이들을 훔쳐냈지만 이미 새벽 동이 터 오르고 있을 때였다. 어쩔 수 없이 오토바이들을 숲속에 숨기고 일단 잠을 자던 중, 이미 첫 번째 오토바이 절도 신고가 들어와 현을 샅샅이 뒤지던 공안들에게 딱 걸리고 만 것이다. 그리고 삼총사는 운도 없이 중간에 두고 온 고장 난 오토바이들까지 총 6대의 오토바이 절도죄로 기소되고 만다.

총 절도액이 3만 6천 위안이다. 원체 오래된 구형이라 가격 책정이 정확히 안 되자 공안 마음대로 그냥 한 대당 6천 위안씩 계산한 것이다. 변호사 없이 진행된 재판에서 '비법 월경죄'까지 더해져 세 명 각각에게 징역 4년씩이 떨어졌다.

재판 소식을 알 길이 없는 만삭의 명철이 아내는 북조선에서 그저 무작정 그 시간을 기다리는 수밖에 없게 되었다. 소식 한 자 전할 길 없는 명철이의 마음도 애가 많이 타는 듯하다.

"4년을 어떻게 무작정 기다리겠어요. 분명 다른 남자 만나겠죠. 제 잘못이니 나중에 아들놈만이라도 데리고 와야지요. 뱃속의 둘째는 지웠을 것 같고…."

명철이는 반반한 얼굴의 아내 자랑을 하더니, 그 아내에게 은근히 추파를 던지던 동네 국경 보위대 요원에 대한 걱정까지 털어놓았다. 점점 자신을 잃어가는 듯했다.

아무리 범죄를 저지른 사람이라도 자기 나라 백성이고 아무리 힘없고 못살아도 분명 이웃 국가인데, 그들 가족들에게 재판 결과 한 장 전해주는 게 정말 그렇게 힘든 일일까? 아무튼 말로만 인민, 인민 떠들어대는 중국과 북한 공산당의 속과 겉이 다른 모습에 이젠 진절머리가 났다.

드디어 입관대 훈련이 끝나고 대대 배정을 받는 날이 왔다. 중국 공안에 체포된 그 날부터 왠지 내 인생이 내 예상과 기대와는 달리 계속 엉뚱한 방향으로 달려가는, 탈주 기관차 같다는 생각을 지울 수가 없었다. 재판 결과가 그랬고, 갑작스러운 이곳으로의 이감 역시 그랬다. 그리고 안 좋은 그 예감은 이번에도 틀리지 않았다.

이 대장의 요청에도 불구하고 감옥 측은 나를 장기수들만 가는 8대대로 발령을 냈다. 어이없어 하는 건 나뿐 아니라 같이 있던 다른 수감자들도 마찬가지였다. 형기가 얼마 남지 않은 외국인 죄수를 그곳에 보냈다는 건 한마디로 "엿 먹이겠다"는 심보로밖에 이해가 되지 않기 때문이다.

내가 체포된 후 중국과 미국 관계는 내내 악화일로로 치달았다. 보복관세로 시작된 싸움은 중국 통신기업 화웨이 부회장 스파이 혐의 체포, 홍콩 민주화 시위 지원, 코로나 중국 음모설 제기, 신장 위구르 인권문제 규탄 등으로 미국이 선제공격을 해오자, 중국은 미국인뿐 아니라 미국의 우방인 캐나다, 호주인들까지 생트집을 잡아 체포 추방했다. 그러고는 뉴스를 통해서는 배후 조종설, 내정간섭이라며 격하게 맞대응했다.

내 기대와는 달리 싸움은 쉽게 끝날 기색이 없었고 갈수록 막장 흙탕물 판이었다.

중국 뉴스의 미국에 대한 비판 수위는 점점 도를 넘어 막가파 수준에 이르렀고, 간수소와 감옥에서는 미국을 주적으로 몰아세우며 틈만 나면 반미 교육에 열을 올렸다.

TV에서는 케케묵은 항미원조(6.25전쟁) 관련 영화와 다큐멘터리 영상을 찾아 틀어주면서 '미국과 다시 한 번 붙어도 이길 수 있다'는 자신감을 인민들에게 심어주고 있었다.

중국 중앙방송의 뉴스는 매일 패턴이 거의 똑같았다. 마오타이 고량주가 스폰서를 선 7시 시보가 울리면 언제나 그렇듯이 시진핑 주석이 등장한다. 국내 시찰이든 국외 방문이든 어딜 가도 우레와 같은 박수소리와 환호하는 군중들의 모습이 보이고, 시

주석을 만난 사람들은 그의 위대함과 고마움에 대한 멘트를 그 다음 날 뉴스에까지 나와 늘어놓는다.

시 주석 다음에는 총리를 포함한 공산당 최고 권력자들(정치국 상무위원들)의 행보가 소개되고, 그 다음은 눈부신 중국 경제발전 소식이 뒤를 잇는다. 허구한 날 세계 최고 최장이라고 열을 올리는 대규모 건설현장이 소개된다. 그리고 코로나 사태에도 불구하고 무조건 플러스 수치로만 나오는 각종 경제지표를 그래프로 보여준다. 정치·사회·경제를 막론하고 안 좋은 소식은 찾아볼 수가 없었다.

이렇게 공산당 자화자찬이 끝나면 내가 가장 민망해지는 국제 뉴스로 넘어가는데, 첫 시작은 무조건 미국의 재난 관련 소식이었다. 산불, 홍수, 토네이도 등으로 엉망이 된 미국 현장을 연결한다. 자연재해가 없을 때는 각종 시위, 사고들이 그 자리를 대신 차지한다. 최루탄이 사방에서 터지고 시위대와 경찰이 치열하게 몸싸움을 벌이는 장면, 총기사고로 울부짖는 유가족들의 모습이 화면을 채운다. 코로나가 터지고 나서는 매일 미국 감염자와 사망자 수를 중국 것과 비교해서 화면에 띄워 주었다.

부동자세로 뉴스를 시청하던 다른 수감자들이 고개를 돌려 나를 힐끔힐끔 쳐다본다. '쯧쯧, 저런 곳에서 어떻게 살았지?' 하는 왠지 조금은 측은해하는 그런 표정들 같았다.

미국 정부에 대한 막말 뉴스 때에는 앵커우먼의 피를 끓게 하는 멘트에 격양되었는지 일부 수감자들은 미국과 미국인을 싸잡아 큰소리로 쌍욕을 해댔고, 나를 향해 손가락 욕을 보내는 놈도 있었다. 그럴 때, 내가 할 수 있는 거라고는 반응하지 않고 투명인간처럼 가만히 앉아 있는 것뿐이었다.

8대대 발령 발표 후, 이 대장이 직접 찾아와 미안한 듯 위로의 말을 건넸다.

"내 탓은 아니고…, 트럼프 탓! 그냥 이 선생이 운이 없다고 생각해. 재수 없게 잘못된 시간에 잘못된 장소에 있는 게 죄지, 뭐…."

아마 그때쯤 감옥 측은 나를 일반 외국인 죄수가 아닌 적국의 포로 정도로 생각했던 것 같다. 하지만 체포 때부터 지금까지 중국 공산당의 말도 법도 안 통하는 억지를 충분히 겪어 온 탓에 난 쉽게 수긍하고 체념했다.

처음에는 억울함에 항변도 해봤지만 체포부터 기소, 재판까지 '정말 이래도 되나' 싶을 정도로 자신들이 만들어 놓은 법조차 안 지키며 멋대로 잡아넣고 원할 때 기소하고 재판하는 무법자의 모습에 학을 뗀 지가 오래다. 그들에게 변호사의 항의(제대로 했는지도 모르겠지만)는 그냥 개 짖는 소리인 듯했다.

그냥 두라는데도 내 짐을 꽁꽁 싸주던 명철이가 걱정스러운 듯 내게 신신당부를 한다.

"형님, 가시면 꼭 혈압약 달라고 하세요! 말만 그렇지, 저 까마귀 새끼들, 미국 사람한테는 우리한테처럼 함부로 못할 거예요. 중국이나 북조선이나 똑같죠, 뭐. 허풍만 쳐댈 줄 알지, 싸울 배짱도 없으면서리…. 힘들어도 잘 참고 견디시라요!"

솔이는 입관대에 남을 줄 알고 아무것도 준비를 하지 못한 나를 위해 부랴부랴 어디선가 반쯤 깨어진 플라스틱 밥그릇과 색이 바란 일회용 숟가락을 주워 왔다.

"아저씨, 8대대 발령받으면 작업장이랑 숙소에서 사용하는 식기가 따로 있어야 한대요!"

식기뿐 아니라 제대로 준비 못한 게 한두 가지가 아니지만, 어쩌랴 나는 명철이가 들기 좋게 싸준 간소한 봇짐을 들쳐 멘다.

"고맙다, 솔이야! 너희들도 모두 가서 잘 견디고…. 살아 있으면 또 언젠가 만날 수 있겠지?"

작별 인사를 나누고 나서, 명철이가 부탁한 전화번호 쪽지를 건네주었다.

"형님, 제가 어떻게 하든 꼭 연락드리겠습니다! 라면은 못 사드리더라도 강냉이 국수 한 접시라도 꼭 대접해 드리겠습니다. 그때까지 아무쪼록 건강하시라요!"

10년병 녀석의 눈시울이 또 벌겋게 부어오른다. 내 중국번호는 없어진 지 오래일 테고 아내도 미국으로 갔으니 중국번호가 살아 있는지 죽었는지 몰라서 나는 고민 끝에 중국에서 식당을 운영하는 지인의 식당 번호를 그에게 주었다. 꽤 유명한 식당이어서, 세월이 가도 가장 오래 남을 것 같은 번호였기 때문이다.

명철이가 남은 형기를 이곳에서 무사히 마치고 북한 교화소를 갔다가 다시 중국으로 넘어와 내게 연락하기까지 얼마나 오랜 시간이 걸릴지는 잘 모르겠다. 하지만 그 번호가 그때까지 살아 있어 명철이의 '형님! 형님!' 하는 살가운 소리를 다시 듣고 싶었다.

My Inmates

　이곳 감옥에 오래 있으면 수감자들에게는 그동안 없었던 여러 가지 증상이 생기는데, 신체적으로 한눈에 구별되는 것이 '치아'다. 간수소에서도 그랬지만 감옥에도 치과의사는 없었다. 요청을 하면 외부에서라도 의료진을 불러 치료해 줘야 한다는 규칙이 있다는 얘기는 들었지만….

　난 치과치료를 받아 봤다는 수감자를 한 번도 본 적이 없었고 또 그런 얘기를 들었다는 수감자조차 없는 걸로 보아, 치료를 받을 수 없다고 보면 맞을 듯싶다.

　조선족 출신 죄수 김국호 씨를 보고 더욱 그런 확신이 섰다. 오랜 시간 치료를 못 받아 썩어 문드러진 그의 치아 중 쓸 만한 건 위아래를 모두 합쳐도 몇 개가 안 된다. 그 외의 치아들은 살짝만 밀어도 '툭' 하고 빠질 정도로 정말 간당간당하게 뿌리에 겨우 붙어 있는 수준이었다.

　윤동주 시인이 나온 용정 대성중학교 출신인 그는 이곳 수감자들 중에서는 확실히 고학력자, 먹물이었다. 정확히 기억나지는 않지만 어느 휴일 날, 나는 좁은 방을 피해 복도에 나와 창밖을 바라보고 있었다. 순간 비상벨이 요란하게 울리고 몇몇 죄수들이 복도를 내달려갔다. 그때, 무슨 일인지 영문을 몰라 두리번거리는 나에게 익숙한 조선어로 누군가 말을 걸어왔다.

"소방훈련! 우리는 안 나가도 돼요. 조장들만 나가는 거니까!"

그가 바로 '고의 살인죄'로 12년째 복역 중인 옆방의 조선족 죄수, 김국호 씨였다.

"미국 사람이라고 들었는데 어디서 살다 왔어요? 우리 형님도 미국에 계신데…."

내가 LA 출신이라고 답하자 그는 대뜸 "그럼 캘리포니아 주네, 우리 형님은 오레곤 주 시애틀에 사시는데…"라고 아는 척을 했다.

별것 아닌 것 같지만 미국이 어디에 있는지도 모르고 심지어 미국은 하루에 23시간이라는 말도 안 되는 소리를 해대는 이곳 수감자들의 수준을 감안한다면 그는 분명 지식인이었다. 물론 그가 잡혀 오기 전에 지리 선생님이었다는 사실은 나중에 알게 되었지만 말이다. 하지만 그의 지식과는 상관없이 그의 치아는 정말 보기만 해도 불쌍하고 아슬아슬해 보였다.

그의 말에 의하면, 유일한 치과 치료는 의무대대에 가서 펜치로 이를 잡아 뽑는 '발치'가 전부라고 했다. 다행히 나는 선천적으로 치아가 좋아 고생은 안 했지만 김국호 씨를 비롯한 감옥의 많은 수감자들의 치아 상태는 정말 처참하기 그지없었다.

신체적인 병만 문제인 것은 물론 아니다. 밖에서도 원래 그랬는지 아니면 너무 오래 감금되어 그렇게 된 건지는 모르겠지만, 잠시만 같이 있어 보면 정신질환이 의심되는 수감자가 한둘이 아니었다. 특히 장기 복역수일수록 그 비율이 높았다. 그리고 김국호 씨는 불행히도 치아뿐 아니라 정신상태도 매우 좋지 않은 수감자였다.

감옥에 들어와서 처음에 무려 7년 동안은 말을 한마디도 하지 않았다는 그가 앓고 있는 질환의 병명이 정확히 뭔지는 모르겠다. 하지만 하여간 그는 심한 피해망상 속에서 살고 있는 듯 보였다.

자신이 작업 중에 아무 말도 하지 않는 이유는 중국 국가안전국이 자신을 도청하고 있기 때문이라고 주장했고, 갈 곳이 없어 교회건물에 얹혀살고 있는 팔순 노부모 때문에 자신이 공산당의 탄압을 받아 이곳에서 나가지 못하고 있다고 투덜댔다. 뿐만 아니라, 감옥에서 아침에 나오는 죽에 마약을 타기 때문에 자신의 치아가 이렇게 되었다면서 죽은 입에도 대지 않았다.

누가 봐도 중증인 이런 수감자에게 감옥은 상담이니 치료니 하는 이런 것들은 애당초 고려조차 하지 않았다. 수감자들의 치아가 썩어 문드러지면 문드러지는 대로, 미쳐 정신이 오락가락 하면 하는 대로 상관없이, 그들은 그저 죄수들을 최대한 족쳐서 돈벌이하기에만 급급했다.

8대대로 오고 나서부터 혈압약을 구하지 못해 걱정하는 나에게 경철이가 충고를 해준다.

"삼촌, 여기선 자기 몸 자기가 챙겨야 해요. 일하다가 쓰러져 의무대 실려간 놈들 중 죽어 나간 놈들이 부지기수예요. 이 떼놈 새끼들 사람 한두 명 죽는 건 눈 하나 꿈쩍 안 해요."

지난주인가? 일하다 갑자기 쓰러진 어느 60대 죄수 한 명이 쓰레기 수거용 리어카에 구겨져 의무대로 실려 갔다. '재수 없다'는 듯 그 모습을 바라보던 담당 경관이 한마디 한다.

"어쩐지 노인네가 치매 끼가 있더라."

그리고 우리를 향해 소리치며 으름장을 놓는다.

"뭐해, 새끼들아, 빨리 일하지 않고! 오늘 어디 늦게까지 한번 해볼까!"

점심을 먹고 땅바닥에 쭈그려 앉아 잠시 휴식을 취한다. 주위엔 다른 수감자들도 초겨울 햇볕을 쬐며 삼삼오오 모여 수다를 떨고 있다. 이젠 제법 차가워진 바람이 뺨을 스치고, 무심코 바라본 하늘엔 뭉게구름들이 솜사탕처럼 피어 있다. 어디선가 많이 본 듯한 뭉게구름들이었다.

순간, 마치 기억상실증에서 벗어난 듯한 사람처럼 그동안 잠시 잊고 있었던 기억들이 새록새록 떠오른다.

술잔 위의 뭉게구름,

모자 속 고양이와 뭉게구름,

비둘기와 뭉게구름,

중절모 신사의 뒷모습과 뭉게구름.

그래, 내가 많이 좋아하던 작가의 그림에서 봐 왔던 뭉게구름들
이다.

감옥이라는 이 특별한 장소는 밖의 시간으로부터, 또 기억으로
부터, 나를 단절시켜 놓는 것 같았다. 이렇게 문득문득 밖의
기억이 떠오를 때면 이젠 도리어 그 기억들이 낯설게 느껴졌다.

매일매일 강제노동에 시달리며 종이 치면 밥을 먹고, 또 종이
치면 잠자리에 드는, 그런 무기력한 노예의 삶이 원래 나의
삶이었던 것 같은 그런 착각마저 들었기 때문인 것 같다. 이곳에서
는 나의 꿈도 쉽게 감옥 담장을 넘지 못했다.

꿈속에서 지인들과 골프를 치면서도 나는 작업장에 쌓인 내
일감 걱정에 전전긍긍한다. 그리고 꿈속에서 가족들과 즐겁게
식사를 한 뒤에도 나는 항상 혼자 이곳의 낡고 좁은 침대로
다시 돌아온다.

'이름이 뭐였더라? 초현실주의 작가였는데, 마…, 뭐였던 건
같은데….'

뉴욕에서도, 서울에서도 그의 특별전시전에 갔었고, 총각 때는

비록 인쇄된 것이지만 그의 그림이 내 방에 항상 걸려 있었는데 이름조차 생각이 나질 않았다.

수감기간이 길어질수록 나는 너무나 일상적이던 것들의 이름과 단어조차 쉽게 떠올리지 못했다. 아내가 좋아하던 의류 브랜드 이름도, 막내 놈이 즐겨 보던 슈퍼 히어로 영화의 제목도 머리에서 떠오르지 않고 입에서만 빙빙 맴돌곤 했다. 아마도 공산당 선전과 시진핑 뉴스 외에는 보고 듣고 읽을 수 있는 매체가 너무 없어서 더 그런 것 같았다.

'마리 앙투아네트… 아니… 그건 프랑스 여왕 이름이었고… 마…마…마…마그네슘…. 아니고, 마…마…마…마가린…. 아~ 모르겠다… 모르겠어….'

그렇게 허무하게 휴식시간은 끝나고 나는 좀비의 것처럼 점점 흉측해지는 손으로 해가 질 때까지 테이프를 감고 또 감았다.

그 작가의 이름이 '마그리트'라는 것을 불현듯 기억해 낸 것은 그날로부터 한 달도 더 지나서였던 것 같다.

Still Fighting It

왕 경관이 작업 중인 나에게 오라는 손짓을 한 건 오후 2시쯤이었다. 왕 경관보다는 높은 계급인 듯 보이는 처음 보는 경관 두 명, 그리고 입관대 이장기 대장과 그의 잔심부름을 하는 입관대 소속 조선족 죄수 한 명이 나를 기다리고 있었다.

영문도 모른 채 그들을 따라 입관대 경관 사무실에 들어와서야 박씨 성을 가진 조선족 죄수가 자초지종을 말해 주었다. 미국영사와 전화통화를 해야 된다는 것이다.

코로나로 인해 대면 면회는 아예 불가능했고, 입관대에 있을 때 미국 영사관의 영상 면회 요청은 영어를 할 줄 아는 경관이 없다는 이유로 감옥 측이 거절했다고 이 대장을 통해 전해들은 바 있었다. 하지만 이번에는 영사관에서 우리 감옥에 한국어 통역이 가능한 경관이 있다는 사실을 알고 한국계 미국 영사와의 전화 통화를 요청해 온 것이었다. 더 이상 핑계거리가 없어진 감옥 측은 울며 겨자 먹기로 허락하는 수밖에 없었던 것이다.

저쪽에서 전화를 기다리고 있는 사람이 '최 영사'라는 말에 나는 잠시 고개를 갸우뚱했다. 담당 영사관에 한국계 영사가 있다는 말은 들어 본 적이 없었고, 또 내 케이스를 시작부터 지금까지 자기 일처럼 걱정하며 맡아온 '애런' 영사가 갑자기 빠진다는 것도 선뜻 이해가 되지 않았다.

전화를 걸기 전, 간수소에서도 늘 그랬듯이, '협박성 경고'가 먼저 날아든다.

"절대 감옥 내 얘기는 하면 안 되고 물어보면 그냥 잘 먹고 잘 지낸다고 말해야 돼요. 쓸데없는 말 했다가는 이곳 생활 진짜 괴로워지니까, 알겠죠!"

박 씨가 벽에 둘러선 채 나를 노려보는 경관들을 대신해서 입조심을 당부한다. 이장기 대장이 전화를 스피커폰 모드로 바꾼다.

"여보세요, 어떻게 잘 계신가요? 몸은 아픈 데 없고요?"

방안에 다른 사람들은 눈치 채지 못했겠지만 난 약간은 서툰 그 한국어 발음의 목소리가 '최 영사'가 아닌 애런 영사의 것이라는 걸 대번에 알아챘다.

간수소 시절, 면회 때마다 지겹게 따라붙는 중국 외사과 직원, 공안, 검찰, 간수소 부소장까지, 그들의 귀를 피하려고 항상 영어로만 대화를 했기 때문에 내가 그 사실을 잠시 잊고 있었던 거다.

미군 장교 출신인 애런 영사는 백인이었지만 군에서 한국어를 배우기 시작했다. 나중에는 한국 미 대사관에서 근무했고 또 그때 만난 부인이 한국인이라 발음만 빼면 토종 한국인보다 한국어가 더 완벽했다.

한국어로는 대화가 가능하다는 사실을 알고는 자신의 이름을 '최 영사'로 둔갑시키고 영상 대신 음성으로만 면회를 신청한 것이었다.

만날 때마다 '큰 힘이 못 되어 줘서…' 미안해하던 그를 마지막으로 본 것은 최종 선고 때였다.

코로나 때문에 난 간수소에서 영상으로만 출석했던 그 재판에서 선고가 내려지고 장내가 어수선해지자, 재판장에 있던 애런 영사는 그 틈을 타 마이크를 잡고 나를 위해 아내가 미국에서 써 보낸 편지를 빠르게 읽어 내려가기 시작했다.

"오랜만이라 그런가? 미국 참 덥네.

주광이도 이제 다 컸나 봐.

엄마 청소하면 힘들다고 걱정이 많더라고 ^^

하지만 잘 견디고 있으니까 걱정 마.

도리어 감사할 건 천지에 수도 없이 많아.

영사님께 특히 감사하고 과기대 기도 후원자들,

또 알게 모르게 우리를 위해 기도하는 모든 이들께
고마울 뿐이야."

자산 압류에 변호사 비용에 벌금까지…. 돈도 없이 갑자기
미국으로 떠난 아내는 대학 강단에서 내려와 청소 일을 하고
있는 듯했다. 코로나로 엉망이 된 미국에서 막내를 데리고 혼자
고생하고 있을 아내 생각에 목이 메어 왔다.

"저 새끼 뭐야! 뭐 하는 거야!"

뒤에서 날 감시하던 간수소 관교가 애런 영사의 이런 모습을
모니터에서 발견하고는 버럭 소리를 지른다. 그리고는 마이크를
통해 재판장에 있는 관교에게 애런의 제지를 명령한다.

"저 미국 놈! 마이크 뺏어! 빨리 뺏어!"

"일하지 않는 시간에는 계속 교회에 가서 기도하고 있어.
내가 기도하는 시간은 당신이 잠자는 시간인데…. 항상 잘 자고
일어나게 해달라고. 어… 어…. 잠깐만, 잠깐만…. 하여간 힘내세
요, 이 선생님!"

코로나 사태 후, 6개월 넘게 면회는커녕 가족의 소식 한 줄
전해줄 수 없었던 미안함 때문이었을까. 그때 애런은 내게 가능한
한 한자라도 더 아내의 편지를 읽어 주려고 정말 안간힘을 써
주었다.

"네, 잘 견디고 있습니다. 저희 가족은 어떻게 잘 지내나요?"

"네, 다 잘 있으니까, 걱정 마시고 이 선생님 몸만 잘 챙기세요. 주광이는 미국에 잘 적응하고 있고 학교에서도 다 올 A+랍니다. 허허!"

간수소 면회를 올 때마다 밖에서 따로 만나주고 인스타그램을 통해 늘 연락하며 막내 놈을 각별히 챙겨주던 애런이었다.

한 번은 이런 일도 있었다. 체포 당시 들이닥친 공안들이 초등학생이었던 막내 놈의 핸드폰, 컴퓨터, 심지어 디지털 카메라까지 모두 압수해 가고 수사가 끝나도 돌려줄 생각을 하지 않고 있었다. 그 사실을 안 애런이 우리의 면회를 또 지켜보러 온 공안에게 다가가 "주광이도 엄연한 미국 시민이고 이번 사건과 관련이 없는 미국인의 개인 물품은 빨리 돌려 달라!"라고 호통을 쳤다.

얼떨결에 무안을 당한 공안은 '곧 돌려주겠다.'고 약속은 했지만 그 약속은 2년이나 걸려서야 지켜졌고, 우리 부부의 압수품과 함께 돈이 될 만한 부속품들은 다 빼 가고 쓸모없는 고물이 되어 돌아왔다. 나중에 안 사실이지만 아내가 다니던 학교에서 더 이상 중국 체류비자를 내주지 않자, 대한민국 국적자인 아내는 일단 한국행을 고려했다. 하지만 막내 녀석이 애런 영사에게 미국으로 가고 싶다는 말을 했고, 이에 그가 아내 비자까지 직접 챙겨줘 코로나 사태를 뚫고 미국까지 무사히 올 수 있었다고 한다.

애런은 다음 주 정도면 아내의 편지를 받을 수 있을 거라고 했다. 이미 감옥 측과 얘기가 다 끝났고 답장도 가능하다고 알려줬다. 그리고 언제나 그랬듯이 애런은 '큰 힘이 못 되어 줘…' 미안하다면서, 면회가 풀리면 꼭 찾아오겠다는 말로 통화를 마쳤다.

하지만 주위를 둘러싼 경관들의 심기를 건드린 건 대화 중 "감옥 환경은 어떠냐?"는 그의 질문에 내가 영어로 대답한 부분이었다. 아무리 사전에 협박을 받았다고 하지만 난 차마 거짓말을 할 수 없어 영어로 이곳의 꼬락서니를 대충 돌려 말했고, 내 말귀를 단박에 알아챈 애런은 "다음에도 그런 식으로 얘기해 달라."면서 그 역시 영어로 답했다.

눈을 부라리며 영어로 무슨 얘기를 했는지 똑바로 말하라는 경관들에게 난 "별다른 얘기 아니었다. 지낼 만하다."라고 말했다고 얼버무렸지만, 이미 눈치를 챘는지 경관들은 "녹음한 영상을 다시 돌려 보면 금방 알 수 있다."며 계속 윽박질렀다.

그 와중에 흥분한 나 역시 목소리가 높아져 버렸고, 마침 밖에서 그 소리를 들은 누군가가 욕설을 내지르며 방안으로 들어왔다. 소란은 순간 잠잠해졌다.

"이 새끼 뭐야! 어디서 소리를 지르는 거야!"

깡마르고 날카로운 인상의 교정과 과장이었다. 시도 때도 없이 아무 곳에서나 수감자들에게 폭력을 쓰는 걸로 유명한 인간이었다.

입관대에 있을 때, 신입 모두가 엑스레이를 찍으러 의무대에 간 적이 있었는데, 복도에서 차례를 기다리던 명철이와 솔이가 조선말로 잡담을 했다는 이유로 머리통을 쥐어 잡고 시멘트벽에 사정없이 내리쳐 두 녀석의 이마가 만신창이가 된 적이 있었다.

"미국 사람입니다. 아직 감옥 규칙을 잘 몰라서…."

나를 비롯해 모두가 그의 갑작스러운 출연에 바짝 얼어 아무 말도 못 하고 있었는데, 그래도 이장기 대장이 나를 변호해 주듯 나섰다.

"미국 놈? 그래서 뭐! 미국 놈은 멋대로 해도 되는 거야! 이 새끼가!"

이 대장을 질책을 하던 녀석은 나를 쏘아보며 느닷없이 탈의를 명령했다. 옆에 있던 조선족 박 씨가 빨리 벗으라며 나를 재촉했고, 나도 분위기에 눌려 상의부터 벗기 시작했다. 그리고 무슨 심보인지 그는 다른 경관을 시켜 나의 탈의 장면을 영상으로 찍기 시작했다. 하지만 더 이상의 굴욕은 견디기 싫었던 나는 속옷 한 개만 남겨둔 상태에서 아무 말 없이 주섬주섬 다시 옷을 주워 입었다.

"이 새끼가 미쳤나!"

그 모습을 본 녀석이 나의 목을 누르며 한방 칠 듯 주먹을 치켜들었다. 하지만 상황은 거기까지였다. 맞서 노려보는 내 눈빛 때문이었는지, 녀석의 허리춤을 잡고 말리는 이 대장 때문이었는지, 아니면 정말 나중에 경철이가 말한 대로 내가 '미국 놈'이라 그랬는지, 하여간 녀석은 끝내 나를 구타하지는 못했다. 하지만 대신 나는 '징벌방'이라는 곳으로 끌려가 개고생을 해야 했다.

그곳에서 나는 마치 전깃줄에 앉은 참새처럼 엉덩이만 살짝 걸칠 수 있는 가느다란 벤치에 앉아 다른 사고를 치고 온 죄수들과 함께 새벽부터 저녁까지 하루 16시간 공자 맹자의 책들을 외우고 또 낭독해야 했다. 조금만 게으름을 피우거나 틀리면 여지없이 감독 경관의 욕설과 폭력이 날아들었다.

띠~즈구이~ (제자규)
퓨 무 후~ 잉 우 환~ (부모님이 부르시면….)
퓨 무 밍~ 씽 우 란~ (부모님이 명하시면….)

'중국 특색 사회주의', 아니 그냥 간단히 말해 시진핑 사상으로만 국가의 이념을 세우기는 부족했는지, 시진핑은 공산정권 수립과 함께 오래전 파묻어 버린 유교를 다시 무덤에서 끄집어냈다.

그리고는 학교, 군대, 감옥 할 것 없이 이 유교 질서로 인민들을 세뇌시키기 시작했다.

중국 공산당원이 1억 명 가까이 된다고 하지만, 이미 자본주의의 돈맛을 본 중국에서 진정한 공산주의는 사상적으로도 제도적으로도 없어진 상태라고 보면 된다.

자본주의 경제체제 안에서 중국 인민들이 홍콩처럼 자유와 민주주의에 물드는 것은 시진핑의 영구 독재를 위협할 수 있는 가장 큰 위험 요소이다. 그래서 시진핑 사상에 더해 보완책으로 유교를 함께 부활시킨 것이다.

불교도, 도교도, 기독교도 아닌 유교가 선택된 것은 유교가 갖는 그 정치적 효용성에 있다고 보면 된다. 중앙집권적인 질서와 강력한 파워 엘리트의 존재를 전제로 가능한 유교 질서 사회는 시진핑이 내심 꿈꾸는 자신만을 위한 '중국몽'(시황제)에 가장 부합할 것이기 때문이다.

징벌방에서 겪은 극심한 스트레스 때문인지 8대대로 돌아와서도 두통이 계속 가시지 않았다. 입관대에서는 이 대장의 배려로 싸구려 혈압약이라도 먹을 수 있었지만, 8대대에서는 약 구하기가 거의 불가능했다.

의무대에서 받은 검진에서 어찌된 일인지 혈압이 정상으로 나왔다. 덕분에 5년 넘게 복용해온 혈압약과는 하는 수 없이 이별을 해야 했고, 간수소 때부터 복용해온 당뇨약은 검진조차 안 해주니 그냥 포기 상태였다.

두통이 점점 심해지고 처음 입관대에 갔을 때처럼 어지럼증이 또 생겨났다. 특히 새벽에 화장실을 갔다 올 때에는 중심을 잡기 힘들어 벽을 짚고 다닐 때가 많았다. 혈압측정기가 없으니 재볼 수도 없고, 그냥 증세가 심하다 느끼면 경철이가 복용하는 혈압약을 한두 알 얻어먹는 수밖에 없었다.

그날 밤에는 힘겹게 이층 침대에 올라 유난히 지친 몸을 간신히 뉘었는데, 마치 롤러코스터를 타는 듯 세상이 핑핑 돌았다. 어지러움과 구토 증세에 하는 수 없이 벽에 등을 기대고 앉은 채로 잠을 청했다.

모두가 잠자리에 들었지만, 감옥에는 소등이란 것이 없다. 간수소부터 그랬다. 하여간 밤에 불을 끄고 자 본 기억이 까마득하다. 쉽게 잠이 오지 않아 이불 밑에서 아내가 보내온 편지를 꺼낸다.

외롭고 힘들 때마다 읽고 또 읽는 아내의 편지… 막내 아니랄까봐 지 엄마 옆에 딱 달라붙은 열세 살 아들놈의 사진이 함께 있다.

"주광이는 이제 자족함을 배웠어. 있는 것으로 만족하는 방법을 깨달았지. 주광이가 그러는데 우리가 가장 행복한 사람이래. 왜냐하면 우리가 가진 것 없는 사람이 되었으니 아빠가 나와서 다시 엄마랑 일하기 시작하면 쌓이는 일만 남았다나 뭐라나!^^"

아내의 편지 속에서 훌쩍 커버린 아들놈을 만난다. 그런데 오늘 밤은 '과연 내가 이곳에서 무사히 나가 아들을 다시 만날 수 있을까?' 하는 의구심이 든다.

"삼촌, 얼굴이 조금 삐뚤어진 것 같은데요."

오늘 작업장에서 유심히 내 얼굴을 쳐다보던 명철이가 한 말이 내내 마음에 걸린다. 나는 웃고는 있지만 왠지 외로워 보이는 두 모자의 사진을 본다. 그리고 힘을 내어 다시 마음을 추스른다. 내일은 생떼를 써서라도 혈압약을 꼭 받아내야겠다고 다짐했다.

꿈속에서, 아들은 그렇게 좋아하는 레고 장난감 매장에서 한껏 들떠 이것저것 구경 중이었다.

"아빠, 이건 너무 비싼가? 히히!"

어리광을 부리며 물어 오는 아들놈의 얼굴이 클로즈-업 된다. 순간 장면이 바뀌고, 젊은 아버지의 모습이 보인다. 하얀 스타킹에 멜빵 반바지를 입은 어린 나의 손을 꼭 잡고 계신다. 하늘을 올려다보며 아버지는 벤 폴즈의 'Still Fighting It'이라는 노래를 부르고 있다.

꿈속에서, 노래를 부르던 아버지 모습은 내가 되기도 하고, 멜빵 반바지를 입었던 나는 어느새 아들놈이 되어 있기도 한다. 아무튼 그 헷갈리는 꿈속에서 나는 많이 울었던 것 같다.

Good morning, son,

I am a bird Wearing a brown polyester shirt.

좋은 아침이야, 아들아,

나는 새란다. 갈색 폴리에스터 셔츠를 입은.

You want a coke?　Maybe some fries?

The roast beef combo's only $ 9.95.

콜라 마실래? 아니면 프라이라도 좀 먹을래?

로스트 비프 콤보도 고작 9.95달러밖에 하지 않는단다.

It's okay, you don't have to pay I've got all the change.

괜찮아, 넌 계산하지 않아도 돼, 내가 다 낼 테니까 말이야.

Everybody knows, It hurts to grow up.

And everybody does.

모두들 알고 있지, 어른이 되는 것은 아픈 일이란 걸 말이야.

그리곤 다들 어른이 되어버리지.

It's so weird to be back here.
Let me tell you what the years go on and,
여기 이렇게 뒤에 서 있으려니 참 이상하구나.
이거 하나는 말해 줄게, 세월이 흐르고 난 후에도,

We're still fighting, It we're still fighting it.
우리는 아직도 싸우고 있다는 것을, 여전히 싸우고 있지.

Oh, we're still fighting it. We're still fighting it.
우린 아직도 싸우고 있지, 우린 아직도 싸우고 있지.

And you're so much like me. I'm sorry.
그리고 넌 나를 많이도 닮았구나. 미안하구나.

머저리와 떨거지

"분명 특무(스파이 활동)로 엮으려고 할 거야. 정신 똑바로 차려야 해!"

"화룡에 살던 내 친구 놈도 한국 국정원 일 몰래 봐주다가 사형 당했어! 중국에서는 간첩죄로 엮이면 그걸로 끝이야!"

로리가 공안을 만나러 나가는 나에게 당부를 한다.

육중한 철문이 열리고 관교가 내 손목에 TV나 영화 속에서 보던 것과는 다른, 아주 구식 수갑을 채운다. 관교의 눈짓을 따라 접견실 쪽으로 발걸음을 옮긴다. 수감실은 물론 복도 벽까지 이놈의 건물은 온통 곰팡이 투성이다. 곰팡이가 시커멓게 눌러붙은 아치형 천장 때문인지 아니면 그 냄새 때문인지 나는 가끔 부패한 커다란 죽은 고래 뱃속에 갇힌 듯한 착각에 빠지곤 했다.

'옌칸'(연길 간수소)이라고 불리는 이곳에 온 지도 벌써 한 달이 넘었다. 체포 후, 밤샘 수사를 받은 나는 바로 이곳에 구금되었고, 오늘이 체포영장 없이 날 구금해 놓을 수 있는 최대 기간이 끝나는 날이다. 다행히 함께 체포되어 조사를 받았던 아내는 다음날 풀려났지만, 나와 연루된 지인과 직원들은 아직 이곳에 있었다.

"그럼, 이 선생 집에만 열 명, 그리고 동시에 회사에도 십여 명이 들이닥쳤다면 보통 일이 아니지. 아주 공안들이 작정하고 덮친 거지! '비법경영죄?' 허! 허! 그건 일단 잡아넣고 조사하려고 그냥 갖다 붙인 거지. 그런 걸로는 절대 공안이 몇십 명씩 출동하지 않아. 회사 운영하는 사람들, 털면 먼지 안 나는 사람들 있나? 한국에서 온 큰 기업들도 다 코에 걸면 코걸이, 귀에 걸면 귀걸이지, 뭐. 그래서 심증은 있는데 물증이 확보 안 되면 일단 '비법경영죄'로 잡아오는 거야. 나중에 혹시라도 뒤탈 안 생기게…."

간수소에 오던 날부터 로리는 내 얘기를 자세히 물어왔고, 무려 3년이나 이곳 간수소에서 썩고 있는 최고참답게 해박한(?) 지식으로 내가 왜 잡혀 왔는지 감도 못 잡는 변호사를 대신해서 냉철한 사태 파악과 조언을 아끼지 않았다.

"미안한 얘기지만, 이 사장은 특무죄야. 요즘 미국이랑 관계 안 좋고 미국에서 중국 사람들 간첩죄로 막 잡아넣으니까, 복수하는 거지! 복수! 아니, 백화점에서도 팔고 인터넷에서도 다 파는 물건을 단지 허가 없이 팔았다고 잡아 쳐 넣는다고? 그것도 외국인을? 말도 안 되지! 다른 놈들은 뭐, 다 일일이 허가 받고 파나? 설사 불법이라고 하더라도 벌금 내면 그만이지."

내가 조금은 답답하다는 듯 로리의 목소리가 높아진다. 형식상은 아직도 '공산국가'라 하지만, 내가 10년 넘게 살아온 중국은 개방과 함께 이미 자본주의에 물들 만큼 물들어 그렇게 아무나 잡아가고 고문하는 북한과 같은 막가파식 공산국가 수준은 아니라고 생각해 왔다. 특히 그동안 나 같은 외국인들에 대한 중국의 처우를 생각하면 더욱 그랬다. 그래서인지, 로리의 말이 쉽게 수긍이 되진 않았다.

"아이, 참 답답하네! 그때는 한 푼이라도 외국에서 투자 받기 위해 그런 거고…. 이제는 얘기가 완전 틀리지. 특히 시진핑이 들어오고부터는 아주 거꾸로 가고 있지! 304호에 있는 미국 유학 갔다 온 조선족 대학생 얘기 못 들었어? '시빠우즈'라고?"

'시빠우즈'는 시진핑 주석의 성인 '시'와 만두라는 중국어 '빠우즈'를 합쳐 만든 합성어다. 2014년 시진핑은 민생행보의 일환으로 베이징의 '칭펑'이라는 서민형 만두가게를 찾아가 21위안(약 3,600원)을 내고 만두와 볶음 요리를 사 먹었는데, 이게 공산당의 프로파간다로 이용되었다. 인민들은 서민과 함께하는 시 주석의 모습에 감동했고, 또 너무나 감동한 나머지 '빠오즈푸'(包子鋪)라는 찬가까지 만들어 불러댔다.

상황이 그렇게 돌아가자 만두집은 얼떨결에 초대박이 났고, 온갖 언론에 그 내용이 대서특필이 되었다.

"그가 미소를 짓고 또 손을 흔들었네."

"그가 나의 뒤에 줄을 섰네, 그것도 줄의 맨 뒤 아이 옆에."

"그가 식판을 두 손에 들고, 나와 아이의 옆으로 왔네."

304호 학생은 이 낯간지러운 노랫말과 낯 뜨거운 그 언론 기사들을 참지 못하고 인터넷에 시진핑 공산당의 행태를 비꼬는 댓글을 올렸다는 이유로 체포되었고, 로리의 정보통에 의하면, 검찰에서는 이미 징역 3년을 구형한 상태라고 했다.

"중국에서 돈 벌어 자식새끼 미국 유학 보내는 게 어디 쉬운 일인 줄 알아! 나도 자식새끼 둘 다 외국 유학 보내 봐서 잘 알지만, 그렇게 힘들게 공부시켰는데 저렇게 잡혀오면 감옥 갔다 와서도 중국에서는 공무원이고 뭐고 아무것도 못해! 제대로 사람 구실 못하지. 이 사장도 정신 바짝 차려! 잘못해서 간첩죄로 엮이면 최소가 15년이야! 15년…. 쯧쯧!"

잠시 자신의 처지는 잊은 듯 로리는 나를 보며 안타깝게 혀를 찬다. 처음에는 안 그랬지만 사실 나 역시 변호사를 만날수록 로리의 말에 믿음이 더 갔고, 그럴수록 더 불안해졌다. 아내가 급하게 구한 변호사는 구속되어 있는 나보다도 사태 파악을 하지 못하고 있는 것 같았다. 선을 대어 봐도 어쩐 일인지 공안 측에서 일체 정보를 주지 않고, 아무리 판례를 뒤져봐도 나 같은 케이스 자체가 없으니 답답할 노릇이라고 했다. 면회 때마다 "위챗(중국 SNS)으로 물건을 판매하는 법이 올해 새로 생기긴 했지만, 아직도 신고하지 않고 파는 사람이 대부분이고 또 그런 경제사건은 대부분 벌금형인데…" 하며 머리만 긁적이다 돌아가는 것이 고작이었다.

지금 와서 돌이켜 생각해 보면, 담당 변호사도 그렇고 로리 또한, 속으로는 내가 어떤 식으로든 미국 정부와 관련되어 있다고 의심했던 게 아닌가 싶다.

문제가 된 해당 전자제품(해외 위성 신호 접수기)을 위쳇에 올려 판매한 엄 팀장이나 또 그 일을 도와준 문식이나 송화나 다 내 직원이니까 그렇다 치더라도, 가톨릭재단에서 설립한 비영리 병원에서 근무하던 내 지인까지 잡혀왔다는 것을 알게 되자, 로리의 말에 점점 심증이 기울어졌다. 한때 우리 회사에 투자했던 적이 있다고는 하지만, 이미 비즈니스적으로 완전히 끝난 상태인 그가 잡혀왔다는 건 쉽게 납득이 되지 않았다. 더구나 공안들은 계속해서 그와의 관계를 꼬치꼬치 캐묻는 것이었다.

"7월경에 둘이 한국에서 만나 무슨 얘기 했어?"

지난주 간수소로 찾아온 공안들의 뜬금없는 질문에, 난 7월경에 한국에 나간 적이 없다고 답변했다.

"이거, 왜 이래! 다 증거가 있는데, 신사적으로 대해주니까 안 되겠네. 씨팔, 좆팔 찾으면서 몇 대 맞아야 똑바로 얘기할 거야!"

강압적으로 다그치던 깡마른 조선족 형사반장이 옆자리 부하에게 눈짓을 하자 그가 서류뭉치를 꺼내 내게 보여준다. 그동안 위챗으로 내가 지인과 나눈 대화 내용이 그대로 프린트되어 있었다. 공산당에게 사생활 보호법이니 하는 건 애초부터 씨도 안 먹히는 얘기일 테고, 하여간 형사들은 족히 몇 년 치는 넘을 것 같은 내 위챗 대화 내용과 이메일 내용을 깡그리 다 가지고 있었다.

"여기 봐! 나주에서 만나 점심 같이 먹자고 했잖아! 어디서 거짓부렁이야! 확!"

분명 그런 내용은 있었지만 난 여름에 분명 한국에 나가지 않았고, 또 설사 나갔더라도 아무런 연고도 없는 나주까지 내려가 지인과 밥을 먹었을 리 없었다.

대화내용을 보며 한참 동안 기억을 더듬던 나는 그만 어이가 없어 실소를 하고 말았다. 지인과 여름에 점심을 먹었던 건 맞았다. 지인은 연길에 새로 생긴 곰탕집이 있다면서 거기서 같이 식사를 하자고 했고, 그 식당 이름이 '나주 곰탕집'이었던 거다.

연길에는 한국에 나가 식당일을 하다 돌아와 음식점을 차리는 사람들이 꽤 있었는데, 그냥 자신이 일했던 한국의 식당 이름을 그대로 사용하는 경우가 많았다. '나주 곰탕'을 비롯해서 '춘천 닭갈비', '낙지 마을', '양평 해장국' 등이 그런 식이었다.

출입국 기록만 살펴보고 왔더라도 이런 망신은 당하지 않았을 텐데…. 자신들도 민망한지 말을 더듬으며 압수한 내 여권을 들척이다 쓸데없는 질문만 던진다.

"음, 음. 그래…, 연길에 그런 집이 있었나? 아무튼, 음… 그런데 당신, 일본은 왜 갔어? 아, 그리고 당신 친구는 스페인 갔다 온 걸로 여권에 나와 있던데?"

나는 그해 가족 여행으로 일본을 다녀왔고, 지인은 병원 총본부가 있는 스페인의 수도회를 다녀온 걸로 기억된다. 아무튼 기소될 때까지 날 수사했던 중국 공안 형사들은 늘 이렇게 한심한 수준이었다. 한 번은 5년도 넘은, 오래된 내 이메일을 뒤져 내가 미국 거래처에 어떤 인쇄물 파일을 보냈다는 내용을 찾은 것 같았다.

"인쇄물, 그때 어떻게 보냈어?"

"너무 오래된 일이라 정확히 기억은 안 나지만 파일로 보냈겠죠, 아마도."

"뭐! 파, 파일…. 그러니까 그 파일인가 뭔가를 어떻게 보냈느냐 말이야?"

"그때는 클라우드를 사용하지 않았을 테니 '웹하드'를 통해 보내지 않았을까요?"

"크, 라우드 그리고 뭐, 웹, 하드… 그러니까 그게 그 크라우드라는 사람을 통해 배로 부쳤다는 거야? 비행기로 부쳤다는 거야?"

한마디로 한 편의 코미디였다. 원래 영어로 된 외래어에 약한 중국인이지만, 그래도 간첩 수사를 하겠다는 공안 형사들인데 한마디로 어이가 없었다. 파일이라는 단어 뜻을 잘 모르니 내가 인쇄물 디자인 파일을 인터넷을 통해 보낸 것을 가지고 실제 인쇄물을 배나 항공편으로 미국에 보낸 것으로 오인했고, 또 그 배송과정에 연락책이 있을 거라고 나름 의심했던 모양이다.

내가 미국으로 간 시점부터 일 년 단위로 백그라운드 조사서를 작성할 때는 자신들이 지쳐서 먼저 두 손을 들 때도 있었다.

"1985년에는 무슨 일을 했어?"

"그때는 고등학교에 다녔겠죠."

"학교 이름!"

"아마 '아이젠하워'일 거예요."

"도대체 무슨 고중(중국에서 고등학교 부르는 말) 이름이 그 모양이야! 아… 아이, 젠, 뭐라고… 에이! 어떻게 쓰는 거야?"

원하는 증거는 안 나오고 윗선의 지시로 계속 반복해야 하는 짓거리에 그들도 짜증이 날 만큼 났던 것 같다.

"E. I. S. E. N"

"아니! 아니! 영어 말고 조선말로…."

"이응(ㅇ)에 아(ㅏ), 이응(ㅇ)에 이(ㅣ), 지읒(ㅈ)에 에(ㅔ) 그리고 니은(ㄴ)…"

나의 대답에 '그건 또 뭐냐'는 어리벙벙한 표정을 짓는 젊은 형사에게 함께 온 형사반장이 답답한 듯 한마디 한다.

"됐어! 됐어! 학교는 필요 없고, 미국에서 다닌 교회 이름이나 말해봐!"

"교회 이름이요? 산부르노 뉴라이프 코리안 서던 밥티스티 처어치요!"

긴 명칭 탓인지 아니면 낯선 발음 탓인지 멍하니 내 얼굴만 한참 쳐다보던 그는, 말없이 주섬주섬 작성하던 조사서를 챙겼다. 그리고는 "야! 오늘은 그만 가자!"라고 하며 부하 형사를 데리고 서둘러 자리를 떠났다.

로리의 말에 의하면 이 간수소에는 딱 두 종류의 인간만이 있다고 했다. 머저리와 떨거지라고 했다. 로리는, 물론 대놓고는 하지 못했지만, 간수소 관교부터 공안까지 모두 싸잡아 '머저리 새끼들'이라고 불렀다. 로리는 관교를 볼 때마다, 그리고 공안 얘기만 나올 때마다, 늘 같은 레퍼토리로 시작했다.

"밖에 있을 때는 겸상도 못하던 인간들이…"

그리고 그 끝은 언제나 체포 당시 자신의 집을 수색하며 고가 시계를 슬쩍해 간 공안들에 대한 화풀이였다.

"골에 들건 없고 돈만 밝히는 머저리 새끼들이…."

일본 유학파에 한때는 고급공무원이었다가 잡혀오기 전에는 남부러울 것 없는 '벤츠 모는 건물주'였다는 그는, 그들에 대한 반감이 남달랐다.

그리고 로리가 말한 '떨거지들'이란 같은 수감자들을 가리키는 말이었다.

"살인범, 강도, 강간범, 도둑놈, 사기꾼… 하여간 저 인간들은 다 사회 떨거지들이야. 이 사장은 웬만하면 말도 붙이지 마. 어차피 말도 안 통할 테고."

오랜만에 수준 맞는 말동무가 왔다면서, 어리둥절해하는 나에게 옆자리를 만들어주면서 로리가 했던 말이다.

조사실에는 형사반장과 살이 너무 쪄 늘 트레이닝 바지만 입고 다니는 부하 형사가 기다리고 있었다. 역시 짐작대로 나를 쉽게 내보낼 생각은 없는 것 같았다. 미리 만들어 온 체포영장을 내 눈앞에 흔들어대면서 협박 아닌 협박을 해댔다.

"그러니까, 바른 대로만 말하면 '비법경영' 이런 건 다 넘어가 준다니까!"

로리의 말대로 그들의 속셈은 따로 있었다.

"뭘 바른 대로 말하라는 거죠?"

나의 쏘아붙이는 반문에 형사반장은 기분이 상한 듯 이내 목소리를 높인다.

"좋게 가려고 했는데, 이거 안 되겠구만!"

난 더 이상 그와의 대화를 원치 않았고, 변호사를 불러 달라고 요청했다.

"뭐 변호사를 불러? 그래, 불러! 변호사고 미국 대사고 다

불러! 하나도 안 무서우니까!"

이 형사반장은 어이없게도 이전부터 계속 '영사'를 '대사'라고 자꾸 혼동해서 불렀다.

"어서 그 미국 놈 대사 불러 봐! 내가 눈 하나 깜짝 하나!"

순간 나도 참지 못하고 목청을 높이고 싶었으나, 끓어오르는 말들을 꿀꺽 집어삼키며 로리처럼 그냥 속으로만 소리쳤다.

"야! 이 머저리 새끼야! 대사가 아니라 영사라고 몇 번이나 말해줘야 알겠니! 대사가 아니라 영사! 이런 머저리 같은 새끼!"

형사반장이 무서워서가 아니라 그가 달고 있던 그 붉은색 공안 배지의 위력과 무게에 눌려 버린 것 같다. 그래도 다행인 것은, 그날 체포영장이 떨어지지 않은 우리 직원 두 명이 집으로 돌아갔다는 소식이었다.

나는 어쩔 수 없이 체포영장을 받아들고, 수묵화처럼 곰팡이가 사방으로 번져 나아가는 간수소의 내 방으로 돌아왔다. 이제는 언제 이곳을 나갈 수 있을지 기약이 없어졌다. 6개월이 될지, 일 년이 될지….

새벽 두 시, 나는 직발(보초)을 선다. 침상 사이의 비좁은 통로를 왔다 갔다 하며 15평 남짓한 공간에 25명의 수감자가 서로 포개어 칼잠을 자고 있는 모습을 지켜본다. 내 체포영장 소식에 밖에서 한없이 애태우고 있을 아내 생각에 가슴이 저며

온다.

마주한 창문에는 결로 현상으로 맺힌 이슬이 한 방울 한 방울 눈물처럼 타고 흘러내린다. 그리고 그 창문 속에 눈물을 흘리고 있는 초라한 몰골의 한 중년 남자가 투영된다.

로리

오늘은 로리가 그렇게 기다리던 마지막 재판 날이다. 로리는 이름이 아니고, 이씨 성을 가진 사람을 높여 부르는 중국식 호칭이다. 그러니까 김씨 성을 가진 연장자는 '김'이 중국 발음으로 '찐'이니까 앞에 늙을 '로'자를 붙여 '로찐'이라고 하면 되는 거다.

어젯밤, 로리는 내게 수염 제거를 부탁했다. 1년 8개월 만에 다시 재판장에서 만나게 될 아내에게 깨끗한 모습을 보여주고 싶다고 했다.

간수소에서는 그냥 빡빡 미는 거지만 한 달에 한 번 꼴로 이발을 하고, 면도는 15일, 그리고 손발톱 정리는 그냥 담당 관교가 기분 좋을 때만 했다. 그래서 이곳 수감자들의 꼬락서니는 늘 말이 아니었다.

이발도 기계 하나로, 제대로 머리도 감지 못하는 수감자 수십 명을 깎아대니, 모낭염에 걸려 두피에 누런 고름이 가득한 수감자가 한둘이 아니었다. 격주에 한 번씩 넣어 주는 전기면도기는 깎는다는 느낌보다 그냥 수염을 잡아 뽑는 수준이었다. 나처럼 수염이 거칠고 두꺼운 사람은 면도 한 번 하려면 눈물을 쏙 빼야 했다.

손톱은 언제 깎을 수 있을지 기약이 없으니 수감자 대부분이 입으로 물어뜯어 스스로 해결했고, 발톱은… 글로 표현하기조차 그렇긴 한데, 하여간 무슨 버섯을 발가락에 얹고 다니는 그런 정도까지 참아야 할 때가 많았다.

"아~ 아~ 아파, 이 선생! 살살, 응… 그렇게 살살 해줘!"

면도하는 날은 아직 멀었고, 그래서 하는 수 없이 나는 작은 단추 두 개를 고무줄로 묶어 '캐스터네츠'처럼 만든 수제 족집게로 늦은 밤까지 로리의 제모 작업을 했다. 수염을 너무 많이 뽑아대어 얼굴이 전체적으로 벌겋게 붓긴 했지만, 그래도 아침에 보니 어제보다는 사람이 훨씬 깔끔해 보였다.

"어때, 괜찮아? 흰머리 너무 많이 보이나? 머리도 깎았으면 좋았을 텐데, 그렇지?"

로리는 재판보다 오랜만에 아내를 볼 수 있다는 생각에 아침부터 많이 들떠 있는 것 같았다.

"아니에요! 지금도 멋있으세요! 사모님이 아주 깜짝 놀라실 것 같은데요."

난 한 번도 직접 본 적이 없지만 마치 잘 알고 있는 사람인 듯 부인 얘기를 꺼내며 그를 안심시켜 주었다. 만난 적은 없지만, 로리를 통해 하도 많이 얘기를 듣고 또 보내온 편지들을 하도 읽어 그녀가 그렇게 낯설지는 않았다.

만 3년 넘게 이 간수소에서 버티고 있는 로리의 재산목록 1호는 담장 하나 넘어 여자 간수소에 갇혀 있는 그의 아내가 보내온 편지들이었다.

로리는 잠이 안 오는 밤이면 그 편지들을 꺼내 나에게 보여주었다. 한자로 된 편지들은 일일이 번역해 읽어 주었고, 몇 장 안 되지만 한글로 된 편지는 내게 읽어 달라고 부탁했다. 조선족이지만 한족 학교만 쭉 다닌 로리는 한글은 잘 읽지 못했다.

그대 가슴에 얼굴을 묻고 오늘은 울고 싶어라
세월의 강 넘어 우리 사랑은 눈물 속에 흔들리는데
얼마큼 나 더 살아야 그대를 잊을 수 있나

한마디 말이 모자라서 다가설 수 없는 사람아
그대 앞에만 서면 나는 왜 작아지는가
그대 등 뒤에 서면 내 눈은 젖어드는데

사랑 때문에 침묵해야 할 나는 당신의 여자
그리고 추억이 있는 한 당신은 나의 남자여

매번 읽어 주면서도 분명 어디서 많이 들은 것 같다고 생각했는데…. 그 편지는 '애모'라는 유행가 가사였고, 아마 사모님의 노래방 18번이 아니었나 싶다. 하지만 읽어 줄 때마다 눈시울을 붉히며 "우리 집사람 시도 참 잘 쓰지?" 하며 해맑게 물어 오는 로리에게 난 그저 아무 말 없이 고개만 끄덕여 줬다.

로리가 누군지는 몰랐지만 그가 연루된 사건에 대해서는 내가 간수소에 오기 몇 년 전 북한 전문 뉴스 매체에서 기사를 읽은 적이 있었다. 그리고 사건의 주범인 그의 처남에 대해서도 이전부터 소문은 익히 듣고 있었다. 중국 최고 학벌인 칭화대학 출신으로 한중 수교가 열리자 한국 대기업으로부터 중국 총책임자로 발탁되었고, 이후에는 중·한 여객선 사업으로 돈을 꽤 벌었으며, 잡혀오기 직전까지는 미화 3천만 달러를 투자해 북한에 중국은행을 설립해 운영하던, 잘 나가는 조선족 기업인으로 말이다.

처남 덕에 부러울 것 없이 살던 로리는 처남 덕에 지금 간수소 신세를 지고 있다. 처남은 물론 자신의 아내까지도. 잡혀온 이유에 대해서는 "정치 때문이지, 정치!"라고 자세한 답변은 피했지만, 내가 이전에 본 기사에 따르면, 체포된 그해 핵실험과 미사일 발사를 강행한 북한에 대한 중국의 독자적인 제재일 가능성이 있었다. 어디까지나 내 추측이지만, 은행이 운영하던 '북한 라선 카지노'를 통한 불법 송금 때문일 수도 있을 것이다.

이유야 어찌 되었든지, 아내와 함께 처남 사업에 깊게 관여했던 로리는 꼼짝없이 잡혀왔고, 지금까지 간수소에서 아내와 자식들과 생이별 상태로 지내고 있다.

정확한 이유는 잘 모르겠지만 한국이나 미국과 달리, 중국 사법부는 형이 떨어지기 전까지는 수감자들의 면회를 일체 불허한다. 면회뿐 아니라 전화와 편지까지 다 막는다. 오직 변호사만이 접견 가능하고, 외국인일 경우에는 영사 접견도 가능하다. 이런 상황에 중국 사법부의 만만디(천천히) 문화까지 겹쳐, 수감자들은 재판을 받고 감옥으로 가기도 전에 이곳에서 피가 마른다.

보통 6개월이면 구치소에서 감옥으로 이송하는 한국과 달리, 중국은 제멋대로다. 사법부 자신들이 만들어 놓은 기소, 재판, 선고, 항소 등의 데드라인을 전혀 지키지 않는다. 그냥 세월아 네월아 하는데, 변호사들은 또 이런 사법부에 한마디도 항의를 하지 못한다. 덕분에, 로리만큼은 아니지만 나 역시 이곳에서만 일 년 넘게 지내며 가족들과 원치 않는 생이별을 해야 했다.

그래도 로리처럼 돈 있는 수감자들은 뒷돈을 주고라도 가끔 전화, 편지라도 할 수 있지만, 변호사 살 돈도 없는 수감자들은 정말 밖에서 부모 자식이 죽어도 전혀 알 길이 없다.

담당 관교들은 이런 점을 악용해 돈을 뜯어냈고, 출퇴근할 때는 보는 눈 때문에 일부러 오토바이를 타지만, 휴일이면 모두 아우디를 몰고 다닌다는 말이 돌 정도였다.

실제로 어떤 관교는 1분에 100위안(한화 약 17,000원)이라는 가격을 정해 놓고 자신의 핸드폰을 수감자들에게 빌려주곤 했다. 세계 어느 국제 전화보다 비쌌다. 달나라에 전화 거는 것도 아니고, 하여간 내가 경험해 본 '지구상에서 가장 비싼 로컬 (시내) 전화요금'이었다.

아침에 나간 로리는 저녁이 다 되어서야 돌아왔다. 조금은 지쳐 보이는 로리에게 재판 결과를 물었다.

"어떻게 결과는 나왔어요?"

"아니…. 이제 곧 나오겠지. 그런데 어떻게 나오든, 처남이 무조건 항소하겠다고 그러네…."

힘없는 그의 대답에는, 언제 끝날지 모르는 항소기간에도 여기서 버텨야 된다는 뜻이 담겨 있는 것 같았다. '차리리 감옥이라도 빨리 가면 유학에서 돌아온 아이들 얼굴이라도 볼 수 있을 텐데…' 하는 안타까운 생각이 들었다.

"참! 사모님은 봤어요? 어떻게 잘 지내신데요?"

"응… 봤지…. 뭐, 그냥 잘 지내고 있대…."

그날 밤, 쉽게 잠을 못 이루고 뒤척이던 로리가 등을 보인 채 내게 말을 걸어온다.

"이 선생…. 아까… 집사람이… 우리 집사람이… 나한테… 이젠, 그만… 죽고… 싶대!"

힘겹게 말을 이어가던 로리가 흐느껴 우는지 오늘따라 유난히 축 처져 보이는 그의 어깨가 들썩였다. 남자 수감실보다 더 비좁고 더럽다는 그 열악한 곳에서 자식들 얼굴 한번 못 본 채 3년을 넘게 버티고 있는 안타까운 그녀 생각에 내 마음도 아파왔다. 그리고 난 아내가 이곳에 있지 않다는 그 사실에 감사했다.

기억의 오류

아쉽게도 로리와 나의 인연은 그것으로 끝이었다. 우리 방 담당인 전 관교가 아침부터 나를 호출했다. 방을 옮기라는 얘기였다. 이제야 겨우 이 낯선 환경에 조금 적응이 되었는데 느닷없이 짐을 싸 다른 수감실로 가라는 것이다.

싸운 적도 말썽을 피운 적도 없는데 왜 방을 옮겨야 하느냐는 내 질문에 대답을 회피하던 전 관교가 못내 입을 연다.

"그러길래, 왜 젊은 애들한테 쓸데없는 소릴 해! 내가 어떻게 할 수 있는 문제가 아니니까, 하여간 일단 가서 짐 싸! 그쪽 관교한테 내가 말은 잘해 놓을게."

변호사를 통해 이미 받아먹은 뒷돈이 있어 그런지, 전 관교도 갑작스러운 감옥 소장의 명령에 난처해했다. 쓸데없는 얘기란 게 뭘까? 짐을 챙기며 곰곰이 기억을 더듬어 본다. 그리고 '젊은 애들한테'라는 조금 전, 전 관교의 말에서 나는 대충 사태 파악을 하게 되었다.

어제저녁 부동자세로 앉아 공산당 뉴스를 시청하고 있을 때였다. 시위대에 의해 엉망이 된 도로를 배경으로 불법 폭력 시위 때문에 장사를 못해 생계가 어렵다면서 울먹이는 홍콩 소상인들의 인터뷰가 나왔다. 그리고 이번 사태를 책동했다고 미국과 영국을 향한 앵커우먼의 날 선 규탄이 이어졌다.

"아저씨, 홍콩, 이제 중국 땅 아닌가요? 근데 왜 영국이랑 미국 사람들이 간섭하죠?"

내 옆자리에서 함께 뉴스를 보던 조선족 성일이가 속삭이듯 조심스럽게 물어온다. 이제 19살에 불과한 성일이는 절도죄로 잡혀온 좀도둑이다.

한국인과 재혼한 엄마를 따라 한국에서 고등학교를 다니던 중, 후아버지(새아버지를 여기선 이렇게 불렀다)와 사이가 안 좋았다. 그래서 혼자 연길로 돌아와 옛 친구들과 어울리다가 유흥비가 떨어지자 남의 휴대폰을 훔친 거다.

"중국 땅 맞지, 그런데 영국한테 땅을 돌려받으면서 약속을 한 게 있거든. 50년간은 옛날 그대로 영국식으로 홍콩을 다스리겠다고. 아마 그래서 그럴 거야."

나는 별 뜻 없이 성일이의 질문에 그냥 최대한 쉽게 아는 대로 설명을 해주었을 뿐이었다.

"앞으론 항상 입 조심해, 당신이 함부로 입 놀리면 그게 바로 외교문제야! 외교!"

이불 짐을 들쳐 메고 새로운 수감실로 무거운 발길을 옮기는 나에게 전 관교가 조언 같지도 않은 조언을 해준다. 설마 이 정도 일로 꼬투리를 잡을 줄은 상상도 하지 못했다. 이전 로리의 경고가 그냥 한 말이 아니었다는 걸 깨달았지만 이미 너무 늦어 버렸다.

"왼쪽에서 네 번째, 얼굴에서 이불 내려!"

"오른쪽, 두 명 어깨동무하지 마!"

24시간 수감실을 지켜보고 있는 양쪽 2대의 감시 카메라에 조금이라도 마음에 안 드는 수감자의 행동이 포착되면 밤낮 할 것 없이 날카롭고 신경질적인 여자 관교의 목소리가 바로 스피커를 뚫고 나온다.

창밖에 오랜만에 내리는 눈을 무심히 쳐다보던 로리에게 스피커를 통해 또 불호령이 떨어진다.

"창밖 오래 쳐다보지 마! 뒤로 떨어져!"

어이가 없다는 표정으로 창가에서 멀어지며 로리가 한마디 한다.

"저 미친년, 이젠 별걸 다 가지고 트집이네!"

"이 선생도 조심해. 특히 시진핑에 대한 말은 절대 하지 말고…. 저년이 다 보고 듣고 있으니까."

그때는 카메라로 감시는 해도 설마 감청까지 하고 있을 거라고는 정말 생각도 하지 못했다. 그저 비좁고 불결한 화장실에서라도 일주일에 한 번 목욕을 하려고 벌거벗은 채, 통로에서 차례를 기다리는 내 모습까지 그녀가 지켜보고 있다는 사실이 항상 찜찜할 뿐이었다.

내가 방을 옮긴 후, 공안국에서는 드디어 수사를 끝내고 검찰로 내 사건을 송치했다. 나중에 안 사실이지만, 당시 공안국 형사들은 별도 상황실까지 차려놓고 세계지도에 미국, 한국, 일본, 스페인까지 붉은 선을 그어 가며 미국인 간첩단 검거에 한껏 흥분되어 있었다고 한다. 하지만 아무리 털어 봐도 간첩행위에 대한 증거가 나오지 않자 그들도 포기할 수밖에 없었고, 이제 와서 그냥 풀어줄 수도 없는 노릇이니 나를 '비법경영죄'로라도 엮어 넣으려고 했던 것이다.

하지만 검찰의 생각은 또 달랐다. 체포 때부터 이미 저 높은 북경 공안국까지 보고가 들어간 사건을 이렇게 흐지부지 끝내기에는 영 체면이 서지 않았던 것 같다.

그리고 화웨이 딸까지 체포되자 중앙에서는 안 그래도 미국을 못 잡아먹어 안달인데, 이럴 때 '미국인 간첩단 사건'으로 히트를 치면, 저 북경의 윗사람들에게 눈도장을 단단히 찍을 수 있는 좋은 기회라고 생각한 모양이었다.

"이름? 직업? 언제 미국 시민권 땄지?"

유난히 작은 키 때문인지 마치 벽돌을 통째로 밑바닥에 댄 듯한 이상한 운동화를 신고 온 이 사람은 검찰 내에서도 깐깐하기로 소문난 조선족 여검사 김연화였다.

"야! 묻는 말에만 대답해! 예, 아니오로! 알겠어?"

공안 형사들의 거친 취조 방식에 대해 '컴플레인'을 하자 변호사는 "다 못 배워서 그렇죠 뭐, 검찰에 넘어가면 많이 좋아질 거예요."라면서 나를 안심시켰다. 하지만 많이 봐줘야 삼십대인 것 같은 이 여검사는 보자마자 반말에 툭 하면 소리를 질러댔다. 그리고 아직도 뭔가 아쉬운 듯, 공안이 넘긴 비법경영 관련 수사기록은 거들떠보지도 않고 다시 내 과거를 파헤치기에 여념이 없었다.

"중국에는 왜 왔어?"

"2008년에 말레이시아, 싱가포르에는 왜 갔어?"

"2012년에 한국 가서 누구 만났어?"

"올해, 미국에서 친구 왔었지? 장백산 같이 갔었지? 무슨 얘기했어?"

싸가지는 더 없어도, 더 배워서 그런지 공안국 형사들보다는 훨씬 꼼꼼하고 집요했다. 그녀가 원하는 답변을 해주기 위해서 난 가물가물한 저 옛날의 기억들을 송환시키느라 진땀을 빼야 했다.

그녀는 6개월 넘게 나를 미행한 공안의 수고가 헛되지 않게 하기 위해 정말 최선을 다해 날 볶아댔고, 또 내 기소장에 간첩죄, 아니 특무죄라도 적어 넣고 싶어 마지막 날까지 안달했다. 나는 너무 시달려서인지, 내가 정말 간첩 행위를 해놓고 기억을 하지 못하는 것이 아닌가 하는 의심마저 들었다.

몇 년도인지 정확히 기억은 나지 않지만 하여간 선양까지 가는 고속열차가 없을 때였다. 여권 갱신 문제로 난 선양 미국 대사관에 가기 위해 처음으로 4인실 침대칸 기차를 탄 적이 있었다. 저녁때가 되어 출출해져 이층 침대에서 내려와 식당 칸을 찾았다. 그런데 내 생각과는 달리 기차에는 식당 칸이 없었고, 돌아다니는 판매원이 파는 거라고는 미지근한 맥주와 명태, 해바라기 씨 같은 안주류뿐이었다.

하룻밤을 쫄쫄 굶고 가야 할 판국이었는데, 생각지도 않게 아래 칸 승객이 말을 걸어왔다.

"저녁 안 먹었으면 같이 하죠. 넉넉지는 않아도 둘이 먹을 만 합네다."

말쑥하게 검은 양복을 차려입은 내 나이 또래 사내였다. 사투리를 사용했지만 이곳에서 많이 접하는 조선족 억양과는 또 달랐다. 그리고 난 그의 왼쪽 가슴에 달린 붉은 배지를 봤다. 오성기가 그려진 중국 공산당 배지가 아닌 북조선의 김일성 배지였다.

그는 내가 먹을 것을 찾아 기차 칸을 이리저리 헤매고 다니는

걸 봤는지, 벌써 자신의 도시락을 양분해 뚜껑 위에 내 몫을
차려 놓은 상태였다. 자신은 젓가락을 그리고 나에게는 삼각형
모양으로 접은 냅킨 수저집에 넣은 숟가락을 세팅해 놓았다.
사양하기는 이미 곤란할 정도였다.

옛날 학창 시절의 추억을 떠올리게 하는 은빛 양은 도시락에는
삶은 달걀, 장조림, 멸치볶음 등, 나에게도 꽤나 친숙하고 먹음직
한 반찬들로 채워져 있었다. 나는 저녁에 대한 답례로 그에게
명태와 맥주를 샀고, 그는 내가 '미국 국적자'라는 사실에 개의치
않고 달리는 기차 안에서 나와 밤새 술잔을 기울였다.

"우리라고 모르는 거 아니죠. 핵미사일 있다고 정말 우리가
쏠 수나 있겠어요? 그냥 이렇게라도 해야지 앉아서 그냥 당할
수만은 없지 않겠어요?"

제법 취기가 오른 그가 답답한 듯 그의 조국을 변호하고 나선다.

"잘 압네다, 우리도 우리가 사는 꼴을…. 그래도 사는데….
밥보다 더 중요한 것도 있는 거죠…."

혀가 살짝 돌아가기 시작한 그의 어깨는 점점 처져 갔고,
이른 새벽이 되어서야 겨우 눈을 부쳤다. 하지만 그는 몇 시간
자지 않고 기차가 선양 역에 도착하기 전에 일어나 옷매무새를
고치고는 검은 커버의 두꺼운 책을 펴 읽고 있었다.

너무나 경건한 자세로 그가 읽고 있던 책이 성경책이었는지
아니면 북한의 필독서인 김일성 전집이었는지는 알 수 없었지만,

기차에서 내려 북조선 대사관으로 향하던 그가 건네준 명함 덕에 난 그가 연길에 살고 있는 북조선 무역회사 대표라는 걸 알 수 있었다.

갑작스러운 구금으로 인한 극심한 스트레스로 나는 몸과 마음이 슬슬 망가져 갔다. 혈압과 당뇨, 그리고 비좁은 공간 때문에 하루 온종일 앉아 있어야 하는 탓인지 전립선에도 문제가 생겼다. (간수소에서 우리는 하루 딱 10분간만 방을 나가 바람을 쐴 수 있었고, 주말과 휴일에는 그나마도 허용되지 않았다. 춘절 연휴 때에는 무려 열흘간이나 그 바글바글 대는 수감실에 꼼짝없이 처박혀 있어야 했다.)

하지만 가장 큰 문제는 정신적인 것이었다. 혼잣말로 주절대는 것이 일상이 되었다. 계속되는 강압적인 취조와 가족과의 생이별로 인해 내 정신은 점점 피폐해져 갔고, 그 때문인지 기억의 오류가 자주 발생했다.

내가 가지고 있는 아내와의 추억이 실제 기억인지 아니면 꿈인지 자주 혼동되었고, 또 실제 기억들조차 왠지 자꾸만 변질되고 왜곡되는 것만 같았다.

"미국에서 기자질 할 때 북조선 사람들 만난 적 있지?"

(조선족들은 기자한테는 기자질, 선생한테는 선생질, 목사한 테는 목사질 한다는 식의 표현을 자주 사용했다.)

"그때 어디서 누구누구 만났어?"

오늘도 그 벽돌 운동화를 신고 온 김 검사가 나를 다그쳐 댄다.

동양화를 그리던 북한의 천재 소녀 화가. 《3일의 약속》*의 저자 정동규 박사님과 박사님의 어머니의 유골을 가지고 온 북한 당국자. 그리고 클린턴과 만나기 위해 온 인민군 차수 조명록.

분명 보긴 본 것 같은데 어디서인지는 기억이 나지 않았다. 아! 그러고 보니 기차에서 무역부 대표 김 사장과도 다시 만났던 것 같기도 했다.

"아니… 아니, 그건 꿈이었나?"

헷갈렸다. 스스로 걱정이 될 정도로 많이 헷갈렸다. 어쩔 때는 지금의 이 상황조차 그냥 한숨 자고 일어나면 없어질 한 편의 지독히 나쁜 꿈일 것만 같았다.

---

* KBS2TV에서 1991년 방영되었던 드라마. 재미교포 의사 정동규의 자전적 수기를 극화한 드라마로, 6.25 당시 어머니에게 3일 후에 돌아오겠다고 약속한 후 북한의 고향을 떠났다가 결국 30년이 넘는 세월이 흐른 뒤 어머니의 무덤 앞에서 통곡해야 했던 이산가족의 한을 그렸다

아내의 편지

그날은 김 검사가 하루에 두 번이나 찾아왔다. 기소장이 나오기 전의 마지막 조사였다. 오전 내내 미국과 중국에서의 내 행적을 묻고 또 묻던 김 검사는 언제나 그랬듯이 별 소득 없이 돌아갔다. 하지만 그날은 못내 아쉬웠는지 저녁녘에 다시 날 찾아왔다.

서류가방에서 그동안 작성한 내 관련 조사서들을 끄집어냈다. 족히 수백 장은 넘어 보이는 서류에는 중간 중간 빨간 줄로 하이라이트가 되어 있었다. 조금은 침울한 표정으로 말없이 한참 동안 그 서류들을 훑어보던 김 검사가 입을 뗀다.

"왜 미국 국적을 이때 땄지?"

처음에는 그 질문을 잘 이해하지 못했지만, 난 곧 그녀가 왜 그런 질문을 했는지 대충 추측이 가능했다. 질문의 요지는 왜 내가 미국에 가자마자 시민권을 취득하지 않고 사회생활을 시작할 무렵 취득했느냐는 것이었다. 아마 내 첫 직장이 방송사였다는 사실과 연계해 뭔가 의심을 가지는 것 같았다.

"아니, 이민 간다고 바로 다 시민권 주는 건 아니죠. 영주권 따고 5년 이상 거주해야 신청자격이 생기고, 신청한 다음에는 또 시험을 통과해야 되고…."

사실상 '이민정책'이라는 것이 없는 중국에서 자라고 배운 그녀가 미국의 시민권 취득 과정을 미리 알고 있기에는 무리였다. 하지만 조금은 어이없어하는 내 대답 때문이었는지, 아니면 자신의 마지막 의심마저 이렇게 맥없이 무너졌기 때문인지, 그녀의 얼굴은 벌겋게 달아올랐다.

마지막 시도의 결과가 그렇게 자신의 무지함에 대한 무안함으로 끝나자, 그녀는 서둘러 자리를 떴고, 난 드디어 그녀의 시달림에서 벗어나게 된 셈이었다. 하지만 중국 사법부는 다시 기약 없는 기다림으로 나를 지치고 힘들게 만들었다.

수감실로 돌아오는 길에, 문득 이젠 너무나 오래된 기억이지만 미국에서 시민권 시험을 봤던 그날이 떠올랐다. 필기시험과 인터뷰를 끝내고 합격서류와 선서 스케줄을 받아 가기 위해 이민국 대기실에서 기다리고 있을 때였다. 장내 스피커를 통해 잠시 한국어 통역이 가능한 사람을 찾는다는 방송이 나왔다.

대기실에서 함께 기다리면서 나와 이런저런 얘기를 나누던 풍만한 동유럽계 아줌마가 내가 한국 사람이라는 걸 알고 자꾸 등을 떠밀었다.

인터뷰실에는 팔순이 넘어 보이는 한인 할아버지와 그 딸로 보이는 중년 여자, 그리고 백인 시험관이 나를 기다리고 있었다. 할아버지는 영어를 거의 할 줄 몰랐고, 가족 관계인 딸은 통역을 해서는 안 되게 되어 있었다. 그 덕분에 난 졸지에 백인 시험관의 질문을 귀가 어두운 할아버지에게 큰 소리로 또박또박 통역해 주어야 했다.

"할아버지! 예전에 약, 그러니까 마약 같은 것 한 적 있으세요?"

"에이~ 무슨 소리! 그런 걸 왜 해!"

할아버지는 크게 손사래를 쳤고, 그 모습에 시험관은 통역 없이도 알아들었다는 듯 고개를 끄덕였다.

"할아버지, 예전에 공산당에 가입했거나 활동한 적 있으세요?"

"내가 빨갱이 새끼들한테 부모님 다 잃고, 그놈들 피해 혈혈단신으로 내려온 사람이야, 혈혈단신으로!"

이어지는 질문에 대답을 하는 순간, 할아버지의 목소리가 떨렸다. 시간이 이렇게 많이 지났는데도 아직 그 울분과 억울함이 가시지 않았는지 할아버지는 자신의 가슴을 팡! 팡! 치며 뜨거운 눈물을 쏟았다.

난 그 모습에 가슴이 먹먹해 통역하는 걸 그만 까먹어 버렸고, 느닷없는 노인의 울음에 시험관은 어쩔 줄 몰라 했다. 그때는 내가 이렇게 공산당에게 잡혀 취조를 받게 될지는 꿈에도 상상하지 못했었다.

육중한 철문이 열리자 수감자들이 궁금한 듯 일제히 나를 쳐다본다. 새로 옮긴 수감실은 이전의 방보다 훨씬 더 열악했다. 방수처리가 전혀 안 되는지 지붕에 쌓인 눈이 녹자 천장은 곰팡이로 완전 도배되었고, 밥을 먹었을 때나 잠을 잘 때나 시도 때도 없이 부풀어 오른 페인트 조각들이 툭! 툭! 밑으로 떨어졌다.

24명이 사용해야 하는 2개의 재래식 변기에서는 모기, 쥐까지 수시로 올라왔고, 방안은 늘 악취로 진동했다. 출입 철문과 마주하고 있는 큰 창문은 기온이 조금만 떨어져도 얼어붙어 제대로 열 수가 없었다. 또 열더라도 만주의 매서운 추위에 동파된 바깥의 정화조에서 나는 냄새에 시달려야 했다.

"아저씨, 어떻게 됐어요? 무슨 죄로 기소한대요?"

이런 참담한 환경 속에서도 새로 들어온 동훈이는 어려서 그런지 생각이 없어 그런지 하여간 모든 게 다 궁금했고, 내 옆에서 조잘거리며 잠자리에 들 때는 신나 보이기까지 했다.

"아직 모르지. 기소장 나와 봐야 알겠지, 뭐. 그래도 증거도 없이 지들 마음대로 할 수 있겠어?"

동훈이는 내심 실망스러운 눈치다. 녀석은 내가 진짜 스파이라고 믿고 싶었던 것 같다.

한 번은 애런 영사가 면회 왔을 때 읽을 책을 몇 권 가져다주었는데, 그 책에 아내의 편지가 숨겨져 있었다. 물론 편지는 반입 자체가 안 되었다. 책마저도 일일이 검사하는 간수소의 눈을 피하기 위해 아내는 책갈피 가장 안쪽 부분에 작은 글씨로 한 자 한 자 편지를 써 놓았다.

아내는 이전에도 책 겉표지 안쪽에 성경에서 떼어낸 로마서를 숨겨 내게 보내온 적이 있었다. 난 처음에는 그 사실을 전혀 눈치 채지 못했는데, 춘절 연휴 전날인가, 수감실로 간수소 옆에 위치한 군부대의 군인들이 기다란 몽둥이를 들고 갑자기 들이 닥쳤다. 겨우 스무 살이나 되었을 것 같은 군인들은 군화발로 우리 이불을 짓밟고, 사물 박스를 뒤집어 까고, 옷가지를 내던지고, 하여간 난리를 쳤다. 검찰의 간수소 수감자들에 대한 불시 수색이었다.

정보가 샐까 봐, 아니면 담당 관교들이 봐줄까 봐, 군 부대원들을 동원한 거였다. 우린 머리 위로 깍지를 낀 채 벽을 보면서 토끼뜀 자세로 그들의 수색이 끝날 때까지 쪼그려 앉아 있었다. 마치 전쟁 군포로가 된 느낌이었다.

군인들이 쓸고 지나간 방은 엉망이었다. 수색을 하러 온 건지 난장을 치러 온 건지, 수감자들은 허탈한 표정으로 사방으로 널브러진 자신의 속옷, 양말을 찾았고, 이불에 찍힌 군화 발자국을 털어냈다. 그때 난 군화발에 밟힌 채 바닥에 나뒹굴고 있는, 애런이 가져다준 책을 집어 들었는데, 찢겨진 책 겉장 사이에서 아내가 숨겨 보내온 영문 로마서 묶음이 '스르르' 빠져나왔다. 난 그 로마서 묶음을 다른 책 사이에 끼워 놓고, 이 간수소를 떠나는 날까지 매일 읽고 또 읽었다.

이번에 보내온 아내의 비밀 편지를 읽기 위해서는 5백 페이지
가 넘는 책을 한 장 한 장 넘겨야 했고, 감시 카메라의 의심을
사지 않기 위해서는 바로 전 페이지에 적힌 글씨를 잊지 않고
기억하면서 가급적 독서하는 것처럼 책장을 천천히 넘겨야 했다.
그런데 어느 날 눈치 빠른 동훈이 녀석에게 그 편지를 들키고
말았다.

"우와! 아저씨, 스파이 맞죠? 미션 임파서블! 그렇죠?"

녀석을 이해시키는 데 시간이 조금 걸리긴 했지만, 하여간
녀석은 내가 스파이가 아니라는 사실을 받아들였고, 또 의리
있게 편지에 관해서는 담당 관교, 방장을 비롯해 그 누구에게도
일체 함구했다.

이제 갓 스무 살이 된 동훈이는 등장부터 남달랐다. 어느
날, 새벽에 담당 관교와 부소장이 함께 녀석을 데리고 와 방장을
따로 불러 잘 보살펴줄 것을 당부했다. 하지만 마약 혐의로
잘 받아야 10년 징역을 목전에 두고 있던 심기 불편한 조선족
방장은 처음부터 유독 그를 티나게 미워했다. '나이도 어린놈이
잘난 부모 둬서 이런 데 와서도 편하게 지낸다.'라는 이유에서였
다. 방장은 녀석이 나갈 때까지 그 잘난 부모가 정확히 누구인지는
몰랐지만, 난 동훈이가 대화 중 무심코 흘리는 단서들에서 어렵지
않게 '느그 아버지 뭐 하시노?'라는 질문의 답을 찾을 수 있었다.

동훈이네는 중국 대도시는 물론 한국, 미국까지 80여 개에 가까운 분점을 가지고 있는 양꼬치 프랜차이즈를 운영하는 집이었다. 연길에서는 특히 모르는 사람이 없을 만큼 유명했다. 만약 간수소에서 그 집 아들이 VIP 대접을 받는다면 금방 밖으로 소문이 날까 봐 부모가 단단히 녀석의 입조심을 시킨 모양이었다. 하지만 뉘 집 아들인지는 몰라도 차원이 다른 대우는 방안의 수감자들에게 시기와 부러움을 자아내기에 충분했다.

간수소 넘버 1인 소장이 수시로 들려 안부를 물었다.

"뭐 필요한 거 없어? 먹을 거나 읽을 책 같은 거?"

다음날이면 담당 관교가 녀석이 부탁한 조선족 순대를 배달해 왔고, 부소장은 서점에서 신간 서적을 날라 왔다.

토요일은 원래 접견이 없는 날인데도 녀석은 한참 동안이나 수감실을 나갔다가 돌아왔다. 그날이 자신의 생일이라 소장실에 가서 집에서 보내온 음식을 먹고 왔다고 했다.

"뭐… 밥 먹고 아부지하고 전화 한 통 하고 담배 한 대 피고 왔죠."

한 번은 동훈이에게 늘 잔소리를 하던 방장이 담당 관교의 호출을 받고 돌아왔다. 그러더니 그는 "내가 그동안 다 너 잘 되라고 한 말이야. 내 맘 알지?"라며 180도로 태도를 바꾸었고, 그 후부터는 누구보다 녀석을 살뜰하게 챙겨주었다.

중국문화를 얘기할 때 빼놓지 않고 나오는 것이 꽌시(关系) 문화이다. 혹자는 인맥을 중요시하는 중국 문화의 일부분이라고 그럴싸하게 포장을 하지만, 속을 들여다보면 다 부정부패고 썩어 빠진 뒷돈 뇌물 문화다.

난 중국이 공산주의 체재를 지속할 수 없는 이유 중에는 이 꽌시 문화도 있다고 본다. 중국인은 대부분 돈을 끔찍하게 좋아한다. 특히 개혁개방 이후 제대로 된 자본주의 맛을 본 중국인들은 문화혁명 당시 유행했던 '마오쩌둥이 부모보다 좋다'는 노래의 가사를 살짝 바꿔 '돈이 부모보다 좋다'로 부르기까지 한다.

이렇게 이젠 공산당보다 돈을 더 좋아하는 사람들이 시진핑이 백날 '부정부패 척결'을 외친다 한들, 또 일벌백계식으로 부패한 고위 공무원들을 잡아 가둔다고 한들, 그렇게 좋아하는 돈을 가장 쉽게 벌 수 있는, 수천 년을 내려온 이 '꽌시'라는 방법을 쉽게 포기할 리가 없다. 뇌물 문화는 중국 사회 전반에 걸쳐 밑바닥부터 뿌리 깊게 만연해 있어서 좀처럼 걷어내기가 쉽지 않을 거다.

공안, 간수소, 감옥은 물론이고 심지어 법원 경관들까지 재판 받는 그날 하루마저 가족과의 짧은 면회를 미끼로 돈을 뜯어낸다.

소문이 걱정되었는지, 얼마 후 동훈이네 집에서는 녀석을 조선족이 거의 없는 다른 지역 간수소로 옮겼다. 그리고 원래 큰 죄는 아니었지만 하여간 녀석은 예상보다 낮은 형을 받았고,

잔여 형기를 그 간수소에서 마치고 석방되었다는 소식을 들었다.

세. 상. 에. 혼. 자. 남. 은. 기. 분. 이. 야.
아. 침. 마. 다. 기. 도. 하. 면. 서. 울. 어.

한 장 한 장 페이지를 넘기며 책 속에 숨겨진 아내의 편지를
또 읽는다.

구부리고 앉아 제대로 쓰기도 힘든 책갈피 안쪽 면에 깨알
같은 크기로 한 자 한 자 편지를 썼을 아내의 애처로운 모습이
떠오른다. 그리고 또 그렇게 힘들게 쓴 편지가 나에게 제대로
전달될지 내내 마음을 졸였을 아내에게 그저 미안하고 또 미안할
뿐이었다.

통통 부은 눈으로 지쳐 잠들어 있는 그녀의 곁으로 가 밤새워
그녀를 위로해 주고 싶은 그런 밤이다.

변호사

우리 수감실에는 특별한 것이 하나 있다. 바로 TV이다. 물론 다른 수감실에도 다 TV가 한 대씩 설치되어 있지만, 우리 방 것은 다른 방 것과 달리 중국산이 아닌 Made in Korea, LG 제품이었다. 화면이 크고 선명한 걸로 봐서 훨씬 고가 제품이 분명했다.

난 직접 보지 못했지만, 당시 1만 위안(약 170만 원)을 호가했다는 이 TV를 간수소에 희사한 사람은 한국인 보이스피싱 조직 총책 이모 씨였다고 한다. TV가 너무 작고 중국산은 화질이 안 좋아 볼 수가 없다면서 담당 관교에게 돈을 주어 교체하게 한 것이다. 지금은 징역 12년인가를 받고 중국 어느 감옥에 복역 중이라는 그는 이곳 간수소에서는 전설이다.

사실인지는 모르겠지만, 당시 한국에서 이 조직으로 인한 전화금융사기 피해자와 피해금액이 눈덩이처럼 불어나자, 마침 중국을 방문한 박근혜 전 대통령이 시진핑에게 직접 협조를 부탁했고, 이에 중국공안이 한국경찰과 공조해 한국인 20여 명이 포함된 전체 조직을 중국에서 일망타진한 첫 번째 케이스라고 했다. 당시 경찰과 언론에서는 피해액이 40억이라고 발표했지만 간수소 내에서는 이모 씨 일당이 사기 친 실제 액수가 400억이 넘는다는 소문이 파다했다고 한다. 원체 뻥이 센 곳이다 보니 믿을 수는 없지만, 하여간 간수소에 있는 동안 한마디로 '돈지랄'을 했다는 이모 씨가 이곳에 남겨 놓고 간 흔적은 TV 외에도 적지 않았다.

간수소에는 꽤 많은 한국 서적이 있었는데, 그 대부분은 이모 씨가 조선족 아내를 통해 한국에서 구입해 이곳까지 날라 온 것이고, 특히 수백 권이 넘는 만화, 연애소설, 무협지는 백 퍼센트 모두 이모 씨가 공수해 온 것이라고 했다. 또 이곳 간수소 수감자들은 하루에 평균 4시간 넘게 유교사상, 공산당 세뇌교육 등을 받아야 하는데, 이모 씨는 당시 감옥장부터 일반 관교까지 위아래로 하도 돈을 뿌려 놓아 한 번도 제대로 교육을 받은 적이 없다고 했다.

다른 수감자들이 부동자세로 앉아 교육을 받을 때 혼자 누워 낄낄대며 만화책을 보았고, 심심하면 담당 관교 사무실에 가서 담배를 태우고 국제전화까지 걸어댔다고 하니, 진짜 VVIP 대접을 받은 것 같다.

그렇게 매서운 감시 카메라도 그의 돈 앞에서는 눈을 감아

버렸으니, 그는 아무 거리낌 없이 일 년 동안 간수소에서 누구보다 편하게 지내다 감옥으로 갔다고 한다.

한국과 중국 여기저기에 처가 쪽 친척 이름으로 평생 놀고먹을 만큼 충분한 돈을 빼돌려 놓았다는 그는 변호사도 특 A급으로 고용했다. 보통 중국 사람들은 엄두도 낼 수 없는 150만 위안(한화 약 2억 5천만 원)을 변호사 비용으로 지불한 얘기는 아직도 간수소에서 화젯거리다. 하지만 그 똑똑한(?) 사기꾼인 이 씨도 합법적 사기꾼인 이곳 중국 변호사한테는 상대가 되지 못했던 모양이다.

10년 이하로 받으려면 뒷돈이 필요하다고 하면서 수임료 이상으로 돈을 뜯어간 변호사는 정작 12년이 나오자 '돈을 썼기에 그만큼이라도 낮게 받은 거'라며 성공보수비 명목으로 받아간 돈을 한 푼도 반환하지 않았다고 한다. 어차피 12년이라는 시간 여유와 중국에서 형기를 끝내도 곧바로 한국으로 추방, 중국에 쉽게 다시 올 수 없다는 사실을 너무나 잘 알고 있던 중국 변호사에게 이모 씨가 제대로 사기를 당한 셈이다.

그의 얘기를 들을 때마다 나는 평생 모은 할머니의 쌈짓돈이, 한 푼의 이자라도 깎아 보려던 어느 서민의 대출금이, 아들이 납치되었다는 협박에 속은 엄마의 전세금이 흘러흘러 중국인들의 호주머니로 들어간 것 같아 영 기분이 언짢았다.

나중에 안 사실이지만 아내도 변호사 때문에 상처를 많이 받았다. 내가 체포되고 중국 공산당 다음으로 아내를 괴롭힌 건 바로 담당 변호사였다고 한다. 면회 한번 못해 애간장이 타는 의뢰인 가족의 마음을 이해해 주기는커녕 그 점을 이용해 자신의 잇속을 채우려고만 했다고 한다.

원래 아내가 구한 첫 번째 변호사는 신참 여자 변호사였다. 그러다 보니 공안, 검찰 쪽에 줄이 너무 없었다. 정보가 없으니 초기에는 사태 파악을 잘 하지 못했고, 나중에는 경험이 없어 공안에서 내 수사기록을 오픈했는데도 그 사실조차 모르고 있었다. 결국 내 지인들의 강력한 권고로 아내는 변호사를 바꾸게 되었다.

지금 생각해 보면, 변호사로서의 능력은 잘 모르겠지만, 신참이라 그런지 때가 타지 않았고 진심으로 나와 우리 가족의 불행을 안타까워해 주었다.

새벽같이 나와서 줄을 서야 겨우 접견이 가능한데도 최대한 자주 나를 찾아주었다. 크게 희망적인 소식은 가져오지 못했지만 올 때마다 아내의 편지를 챙겨와 읽어 주었고, 또 밖에서 재촉하는 다른 변호사들에 아랑곳없이 언제나 내 편지를 끝까지 대필해 아내에게 전해주었다.

참고로 수감자만 7백 명이 넘는 연길 간수소에 변호사 접견용 방은 단 두 개뿐이었다. 그것도 원래 하나였는데 번번이 공을 치고 가는 변호사들의 항의가 계속되자 마지못해 겨우 하나를 더 열어준 거다. 때문에 변호사들은 의뢰인과 만나려면 새벽같이 와서 줄을 서 있다가 번호표를 받아야 했고, 접견실에서도 접견시간이 마감될까 봐 복도에서 안절부절 기다리는 다음 차례 변호사들 때문에, 제대로 할 말도 하지 못하고 서둘러 일어서는 경우가 허다했다.

나는 변호사를 만나러 갈 때마다 복도 양쪽으로 줄지어 늘어선 텅 빈 방들을 확인했다. 공안, 검찰, 법원 관계자들이 사용하는 접견실들이었다. 가족 면회도 막고 변호사 접견까지 이런 식으로 방해하는 이유는 아마도 간수소가 밖으로부터 숨기고 싶은 비밀이 너무 많아서였을 것이다.

애런 영사가 면회를 오는 날이면 난 늘 아침 일찍 한 부소장 방으로 불려갔다

"우리 간수소가 오래되긴 했지. 온수도 없고 화장실도 그렇고…. 하지만 어떻게 하겠어? 나라에서 돈이 없다는데…. 그러니까 미국 영사 오면 쓸데없는 얘기는 하지 말고, 또 해봤자 아무 소용도 없고…. 영사한테 말만 잘 해주면 내가, 내가… 그래! 방장한테 얘기해서 서서 오줌 눌 수 있게 해줄게. 아~ 그리고 대변도 아무 때나 가능하게…. 알았지! 하하하!"

24명이 비좁은 화장실을 공동으로 사용하기 위해 대변은 하루 한 번 자신에게 정해진 시간에만 가능하도록 제한했고, 소변은 모두 앉아서 해결해야만 했다. 물론 담당 관교에게 정기적으로

뒷돈을 주는 수감자들은 예외였지만.

나는 애런이 오면 한 부소장 말대로 간수소 환경에 대해서는 일절 얘기하지 않았다. 서서 소변을 보고 싶어서도 아니고, 뒤에서 지켜보는 한 부소장의 은근한 협박 때문도 아니었다. 내 관심은 온통 가족의 안부와 또 하루라도 빨리 여기를 나가는 것에만 집중되어 있었기 때문이다.

"밖에 자주 나가 운동도 하죠? 일정표 보니까 하루 두 시간은 야외 활동이던데."

애런이 먼저 이곳 생활에 대해 물어온다. 하지만 이곳에서는 일정표 따위는 아무 소용이 없다. 수감실 벽에 떡하니 붙어 있는 수감자 권리 목록과 마찬가지로.

이 낡은 간수소에는 우리가 하루 두 시간 동안 햇볕을 쬘 공간 자체가 없었다. 수감실 문을 열고 나가면 복도 바로 맞은편에 '방풍실'이라는 장소가 나온다. 수감실보다 약간 큰 이 공간은 한쪽은 복도 벽으로 다른 한쪽은 간수소 담장으로 막혀 있고, 마치 닭장처럼 머리 위에도 쇠창살이 쳐져 있었다. 이곳에서 우리는 담당 관교에게 별일이 없으면 하루 두 번 딱 10분간 바깥바람을 맞을 수 있었다. 관교에게 줄을 댄 수감자들은 담벼락 밑에 쭈그려 앉아 급하게 담배를 빨아댔고, 그렇지 못한 수감자들은 줄지어 말없이 그 좁은 공간을 정신 나간 사람들처럼 빠르게 왔다 갔다 했다.

"야외활동 시간에 농구도 하고 헬스도 하세요. 건강 챙겨야죠.!"

애런은 어이없게도 TV나 영화에서나 나오는 그런 감옥의 모습을 상상하는 것 같았다. 물론 나도 이곳에 오지 않았다면 그랬겠지만….

밖의 지인이 새로 소개한 변호사도 조선족 여성이었다. 원체 베테랑인 데다가 이곳저곳 선이 닿지 않는 데가 없는 변호사라고 했다. 그만큼 변호사 수임료도 만만치 않았는데, 거기다 또 내가 외국인이라 엑스트라 비용까지 요구했다. 아내는 선뜻 내키지 않아 했는데, 중국에서 미국 건축회사 설계도면 일을 하청 받아 하시는, 내 10년지기 골프 파트너 송 사장님이 비용을 모두 지불해 주셔서 선임하게 되었다.

"처음부터 나한테 맡겼으면 이렇게 구속될 일도 없었다."

그녀의 큰소리에, 아내만큼이나 내 구금에 답답해하시던 송 사장님이 자비까지 털어 서둘러 그녀의 선임을 아내에게 권유했던 것이다.

잠시 송 사장님 얘기를 하자면, 나와는 띠가 한 번 돌고도 남는 연장자였지만 중국에서는 그 누구보다 가까웠다. 송 사장님은 한국과 중국 두 곳에서 설계 사무소를 운영하고 있어 한 달에 15일은 한국, 또 15일은 중국에 와 계셨는데 내가 구속되어 있는 기간에도 중국에 오시면 수시로 아내를 찾아가 생활비에 보태 쓰라고 뭉칫돈을 주고 가셨다고 한다.

폭설이 내려 차도 움직이기 힘든 어느 날, 직접 찾아와서는 "힘내세요! 곧 좋은 소식이 있겠죠."라고 격려해 주시던, 머리에 눈을 함빡 이고 온 송 사장님의 모습을 아내는 평생 잊을 수 없을 거라고 말했다.

"지금 편지 같은 게 중요한 게 아니죠!"

아내의 편지는 없냐는 내 질문에 짜증스럽다는 듯 답하는 그녀의 이름은 최연화 변호사다. 최 변호사는 첫 접견부터 뒷돈을 요구해 왔다.

"기소장 나오기 전에 손만 쓰면 대충 행정처분 같은 걸로 벌금만 내고 끝날 수 있어요."

나는 지금껏 내가 공안과 검찰에 간첩죄로 계속 조사를 받았고 체포영장도 북경에서 승인한 건데 정말 그렇게 쉽게 나갈 수 있냐고 되물었다.

"공안이고 검찰이고 이젠 자기들도 헛다리 짚은 것 다 알고 있어요. 자기들 체면이라도 살리려고 말도 안 되는 비법경영죄인 가 뭔가로 엮어 넣으려는 거죠."

최 변호사는 길림성 정부고 북경 중앙정부고 다 신경 쓸 필요 없다고 했다. 자기와 친한 담당 부장검사와 검사장이 잘 설명해 위로 서류만 올리면 된다고 했다. 대신 기름칠할 비용과 자신의 수고비가 필요하다고 했다.

난 이곳에 들어온 이후, 처음으로 그것도 곧 나갈 수 있다는 희망적인 얘기를 들었다. 그래서였는지, 부끄러운 얘기지만 난 그때 판단력도 염치도 모두 다 상실했던 것 같다.

쇠창살을 사이에 두고 최 변호사는 녹음 모드를 켠 자신의 핸드폰을 내게 최대한 가까이 붙였다. 그리고 내게 '요구대로 돈을 마련해 줘라'라는 내용의 음성 메시지를 녹음하게 했다. 밖에서 고생하는 아내가 돈이 있는지 없는지도 모르면서, 그리고 안 그래도 물심양면 도와주시는 송 사장님한테 염치도 없이, 난 메시지를 최 변호사의 요구대로 남겼다. 물론 성공하지 못하면 돌려준다는 최 변호사의 약속은 있었지만 말이다. 지금 와 생각해 보니 당시 난 요구 액수조차 몰랐으니 아마도 그곳에서 어떻게 해서든지 너무나도 나오고 싶었던 것 같다.

최 변호사의 말과는 달리, 정식 기소장이 나왔다. 비법경영죄 였다. 특무나 간첩죄가 아닌 것을 생각하면 천만다행이었지만, 최 변호사의 큰소리를 생각하면 억울하고 답답했다.

최 변호사는 돈줄 타이밍이 늦어 이렇게 되었다는 변명만 늘어놓았고, 나는 점점 악화되어 가는 미중 관계로 그들이 그냥 쉽게 나를 놓아줄 리 없다고 판단했다. 그리하여, 나는 그녀에게 빠른 추방을 부탁했다.

중국 법에는 외국인 추방 조항이 있다. 파렴치범이 아니고 징역 5년 이하의 경우 자국으로 추방이 가능한데, 아무리 억지를 부려도 나 같은 비법경영죄로 징역 5년 이상은 불가능할 거라 생각했기 때문이다. 추방이든 뭐든 일단 여기, 아니 중국을 탈출하는 것이 목표가 되었다.

"뭐, 얼마 전에 상하이에서 싱가포르 선장 하나는 징역 7년 받고도 바로 추방되었다고 하던데… 이런 일로 추방된다는 건 너무 억울하지 않나요? 내가 법원장이랑 재판장들 원체 잘 아니까 그냥 집행유예로 추방당하지 않는 쪽으로 합시다! 이 사장님도 여기에 사업체가 있으니 여기서 다시 돈 벌어야죠. 추방도 어차피 재판까지는 가야 하니까…"

그녀의 그럴싸한 설득이 한마디로 돈을 돌려주지 않기 위한 핑계라는 걸 안 것은 그리 오래 지나지 않아서였다. 기다리고 또 기다리던 재판 하루 전날이었다. 최 변호사가 찾아왔다.

"내가 오늘 아침에 재판장 만나서 따로 인사했고 얘기도 다 해 놓았으니까 전에 얘기했던 대로만 하면 돼요. 알았죠?"

최 변호사는 검찰 측이 억지로 시비를 잡은 물건에 대해 우리 회사 엄 팀장이 모든 허가 및 판매를 도맡아 했다고 진술하라고 했다. 지인에 관해서는 검찰이 주장하는 공범 관계에 대해 별도로 부인하지 말라고 충고했다. 나는 그때 아침에 재판장이 간수소로 직접 나를 찾아왔다는 얘기를 했고, 순간 그녀는 거짓말을 하다 딱 걸린 사람처럼 얼굴이 벌게지며 말을 더듬기 시작했다.

"아니… 재판장이… 여기는… 왜, 왜 왔대? 무슨 일로… 그것도 아침부터?"

그날 아침 담당 재판장이라는 사람이 접견을 왔다. 간수소에 있으면서 재판장이 접견을 오는 경우는 들어본 적이 없어 어리둥절했다. 재판장은 한 아가씨를 데리고 왔는데, 내일 있을 재판의 통역관이라고 소개했다. 내일 재판은 중국이 주권국가라 중국어로 진행되어야 한다고 했다.

검찰, 변호사, 재판장이 모두 조선족이고 재판이 열리는 곳도 간판을 달아도 조선어가 먼저 위에 올라가는 조선족 자치구여서 조금은 뜬금없는 소리 같았지만, 내가 미국 국적자이기 때문이라는 말에 별생각 없이 받아들였다. 하지만 재판장의 방문 이유는 더 뜬금이 없었다.

자기 조카뻘인 통역이 아직 서툴러 내일 내가 할 말들을 대충이라도 미리 알아놓아야 될 것 같다는 얘기였다. 난 그래서 덕분에 재판도 열리기 전에 그녀 앞에서 최후 진술까지 미리 다 리허설을 해주어야 했다. 그것도 영어가 아닌 한국어로 말이다. 조선족인 그녀가 서툴다는 통역은 어이없게도 영어-중국어가 아닌 조선어-중국어였다.

내가 재판장이 방문한 숨은 의도를 안 것은 아내와 다시 만난 후였다. 아내의 말에 의하면 그날 방청석은 앞자리부터 반 이상 저 위에서 내려온 국가안전국, 공안국, 외사과의 한족들로 채워졌다고 한다. 그러니 조선어가 아닌 중국어로 재판을 진행했어야 했고, 또 담당 재판장은 높은 분들이 지켜보는 자리에서 행여나 내가 헛소리를 할까 봐 미리 확인 차 왔던 것이다.

그날 재판은 정말 힘들었지만 너무나 싱겁게 끝났다. 손에는 수갑을 그리고 발에는 족쇄까지 하고 펭귄 모양으로 뒤뚱거리면서 재판장에 들어섰다. 그런 내 모습이 너무나 굴욕적이고 창피해서 방청석 어딘가에 앉아 있을 아내의 얼굴을 난 차마 볼 수 없었다.

내 뒷모습을 보며 방청석에서 눈물 흘리고 있을 아내의 모습이 너무나 선했지만 끝내 고개를 돌리지 못했고, 수감기간이 길어지면서 난 두고두고 그날을 아쉬워했다.

재판에서는 엄 팀장이 눈물을 펑펑 쏟아냈다. 느닷없이 아내와 세 살배기 딸과 생이별을 하게 된 엄 팀장이었다.

"누구는 잡아가고 누구는 버젓이 위챗, 인터넷, 백화점에서 팔고 있다는 게 말이 됩니까?"

엄 팀장은 억울한 나머지 자신의 변호사를 통해 같은 제품을 판매하고 있는 모든 업체를 신고했다. 하지만 돌아온 대답은 유해제품이 아니라는 이유로 신고 자체를 접수할 수 없다는 것이었다. 심지어 우리를 체포한 공안 대대에도 신고를 해봤지만 답변은 똑같았다고 한다.

"저는 법은 만인 앞에서 평등하다고 배웠습니다. 그런데 과연 지금 우리 인민의 사법부의 모습이 평등하고 정당하다고 생각하십니까?"

대학교 때부터 공산당원이었다는 엄 팀장은 울먹이며 감동적인 웅변 같은 진술을 했고, 방청석에서는 가족들의 흐느껴 우는 소리가 들리더니 이내 호응하는 박수까지 터져 나왔다. 하지만 오디션 프로그램과 달리, 그럴수록 심사위원인 재판장의 얼굴은 찌부러져만 갔다.

나는 검찰이 주장한 지인과의 관계를 모두 부인했다. 분명히 한국 나주에서 함께 식사를 한 적도 없고 또 동업관계가 아니라고 사실대로 진술했다.

몇 달을 기다려온 재판은 점심시간을 핑계로 잠시 휴정되었고, 다시 열리기까지 무려 3개월이 넘게 걸렸다. 재판을 지켜보던 윗분들이 재판 내내 입맛을 다셨고, 점심시간 이후 다 돌아가 버린 것이 그 이유인 듯싶었다.

돌아오는 호송차에서 지인이 앞좌석 호송 경관의 눈치를 살피며 작은 목소리로 말을 걸어온다.

"아마, 난 무죄 날 것 같다고 하네요. 이 사장님도 힘내시고요."

변호사에게서 말을 들었는지 올 때보다는 한층 밝아진 표정으로 내 손을 꽉 잡아주었다.

엄 팀장은 아직도 아까의 그 벅찬 감정에서 못 벗어난 듯 충혈된 눈으로 말없이 혼자 떨어져 앉아 있었다. 나는 잘했다는 뜻으로 엄지를 척 들어 올리며 우리 곁으로 가까이 와 앉으라고 손짓했다.

"넌 집행유예로 곧 나갈 거야! 너무 걱정 마!"

가볍게 등을 토닥여 주자 엄 팀장이 또 울먹이기 시작한다.

"사장님은 간수소 생활 힘들지 않으세요? 애들 안 보고 싶으세요?"

"보고 싶지, 왜 안 보고 싶겠어? 하지만 이제 다 끝나 가잖아."

"죄송해요, 사장님. 애가 너무 보고 싶고 아내랑 어머니도 너무 걱정돼서… 죄송해요, 진짜로…."

엄 팀장은 내게 많이 미안해했다. 해당 물건을 중국에서 팔자고 한 것도 또 팔아도 된다고 한 것이 분명 자신인데, 재판에서 자신은 회사의 일개 직원일 뿐이고 내가 모두 지시해서 판매했다고 진술한 부분이 맘에 걸린 모양이다. 하지만 난 크게 상관치 않았다. 어차피 이번 일은 처음부터 '미국인'이라는 나를 한번 엮어보려고 만든 사건이니만큼 미안해야 할 사람은 오히려 나였기 때문이다.

그래도 아직도 다행스럽게 생각하는 건 이 사건에 연루되었던 모든 사람들이 감옥이 아닌 간수소에서 석방되었다는 사실이다.

최 변호사는 일주일쯤 후에 날 찾아왔다. 자신과 재판장의 돈독하지 못한 관계가 들통 나는 바람에 무안해서 그런지 괜히 역정부터 냈다.

"아니! 세상에 그렇게 재판을 중간에 밑도 끝도 없이 끝내는 법이 어디 있어요! 그것도 보석 상태인 피고들 진술까지 다 받아 놓고…. 서로 밖에서 말 맞추면 어떡하려고? 하여간 이건 위법이 에요, 위법!"

최 변호사는 재판장 대신 나에게 강력 항의했다. 그리고 자신이 이번 달 말 영국으로 한 달간 연수를 받으러 가야 하는데 재판이 끝나지 않아 모두 취소해야 할 판국이라며 나에게 하소연했다. 비행기 표는 환불도 불가능하다는 얘기까지 늘어놓으며 은근히 배상까지 원하는 눈치였다.

한마디로 어이가 없었다. 그렇게 친하다는 재판장에게 재판이 중단될지 어떻게 귀띔조차 받지 못했는지, 그리고 자신은 영어 한마디 못한다며 아내에게 애런 영사에게 전화해 검찰에 이런저 런 압력을 넣어 달라고 매번 부탁하던 그녀였기에, 영국으로 연수를 간다는 사실도 의아하지 않을 수 없었다.

아무튼 최 변호사는 두 번째 재판 후, 다시는 얼굴을 볼 수 없었다. 코로나로 간수소 접견이 금지되긴 했지만 화상을 통한 면회가 가능할 때도 나를 찾지 않았고, 심지어 두 번이나 진행된 선고공판에도 다른 변호사들은 모두 모습을 보였지만 그녀는 끝내 나타나지 않았다. 그 이유는 아마 돈 때문인 것 같았다.

그녀의 모든 약속이 불발로 끝나자 아내는 마침내 성공보수금 조로 주었던 돈의 반환을 요구했다고 한다. 그리고 차일피일 미루던 그녀는 아내가 미국으로 가게 되고 때마침 코로나로 하늘길이 막히자, 무조건 본인이 와야만 돈을 줄 수 있다는 억지를 부렸다고 한다. 그렇게 가뜩이나 힘든 아내를 더 힘들게 했던 것이다.

난 간수소에서만 두 번의 생일을 보냈는데, 생일 때마다 담당인 최 관교가 자신의 사무실로 날 불렀다.

"뭐, 특별히 먹고 싶은 거 있어? 중국음식은 잘 못 먹지? 그렇지?"

난 그때마다 아내가 내 생일을 위해 관교에게 뒷돈을 주었다는 걸 바로 알아챘다.

"뭐, 방에 있는 사람들과 같이 먹을 수 있는 반찬 같은 거면 좋겠는데요."

"오케이! 오케이!"

최 관교는 늘 하던 버릇처럼 손가락으로 'OK' 사인을 보냈지만, 두 번의 생일 모두 내가 받은 것은 간수소 앞에서 파는 듯한 엄지손가락만한 짝퉁 초콜릿이 스무 개 정도 담긴 검은 비닐봉지였다.

한국제 가너(가나) 초콜릿부터 미국산 Dova(Dove)에서 벨기에산 Gobida(Govida)까지, 봉투 안에는 가끔 역한 기름 냄새가 나는 것도 있긴 했지만, 다양한 종류가 있긴 했다. 그리고 난 단것에 목말라 하던, 같은 방 수감자들과 그 짝퉁 초콜릿을 나름 맛있게 나누어 먹었다.

나중에 아내가 매번 내 생일을 위해 보내준 돈이 1,000위안 (한화 약 17만 원)이었다는 얘기를 듣고, 난 그 돈의 대부분이 최 관교 주머니로 들어갔는지, 아니면 전달책인 최 변호사의 주머니로 들어갔는지 한동안 궁금했었다.

띠엔화짜팬

"그 첼루인가 뭔가 배우면… 기타처럼 막 치면서 노래도 부르고 그럴 수 있나요?"

독품 혐의로(마약 혐의) 잡혀온 김 교수는 영봉이의 어이없는 질문에 그저 말문이 막힌다. 그런데 옆에 있던 재훈이는 한술 더 뜬다.

"그 첼로 한 달 정도 배우면 되나요? 기타보다 비싸나?"

이곳 대학에서 음악을 가르치고 공산당 예술단의 첼로 연주자였던 김 교수는 마약을 사러 갔다가 판매책의 부탁으로 중국에서는 속칭 '얼음'이라고 부르는 필로폰 25그램을 운반해 오다 기차에서 발각되어 잡혀왔다. 단순 사용자가 아닌 운반책으로 기소될 경우, 7년 이상의 징역도 가능한 상태였다.

"하여간 무식한 건 국적을 안 가린다니까… 쯧쯧쯧!"

김 교수의 말대로 영봉이는 중국 국적 조선족, 그리고 재훈이는 한국 국적 토종 한국인이었다. 이 두 녀석의 공통점은 무식하다는 것 외에도 또 있었다. 둘 다 '띠엔화짜팬' 한국말로는 전화사기, 영어로는 보이스피싱으로 잡혀왔다는 점이다. 같은 필드에서 종사하긴 했지만 10년 경력을 자랑하는 선수급인 영봉이와는 달리, 그의 앙숙인 재훈이는 '월수 500~900 보장'이라는 교차로 광고만 보고 중국까지 와 제대로 돈도 못 벌어보고 잡혀온 피라미 중 피라미였다.

"아니, 개보대(암캐의 생식기) 같은 새끼들! 돈 받아 쳐 먹을 때는 언제고 이제 와서 정의로운 척을 해!"

영봉이는 두 곳의 작업장에서 동시에 20명 넘게 검거된 보이스 피싱 조직의 중간 보스쯤 되는 것 같았다. 영봉이가 매일 저렇게 공안을 향해 쌍욕을 하는 데에는 나름 이유가 있었다.

영봉이네 조직은 선양과 연길에 콜센터를 두고 있었다. 보이스 피싱의 최종 단계인 '이대환 검사님' 역을 하는 선수들은 한국인 으로 스카우트 하고, '장집'이라고 부르는 한국 대포통장 업무까 지 직접 다 처리하는 꽤 큰 규모의 국제(?) 조직이었다. 그래서 함께 검거된 사람 중에 5명이 한국인이라고 했다.

영봉이네 조직이 인터폴 적색 수배까지 된 한국인들을 불법 고용하고도 오랫동안 잡히지 않고 일반인들로서는 상상도 안 되는 큰돈을 벌 수 있었던 것은, 이곳 공안과의 끈끈한 커넥션 때문이다. 정기적인 상납은 물론이고 체포되어도 이 바닥 관례에 따라 일인당 5만 위안씩(한화 약 860만 원) 상납하면 대충 조사만 받고 공안에서 풀려날 수 있었다.

뒤를 봐주는 공안은 한국 경찰 쪽에서 수사협조 요청이 오면 영봉이네 쪽으로 미리미리 정보를 알려주었다고 한다. 적색 수배자 전단을 가져다주었고, 수배된 한국인 직원들이 말썽을 일으키면 뒤처리를 해주었으며, 다른 곳으로 피신까지 시켜 주었다고 한다.

영봉이는 6개월 전에도 공안에 잡혀온 적이 있다. 경쟁 조직의 신고로 공안들이 작업실로 들이닥쳤다고 한다. 영봉이는 베테랑답게 별 문제없을 줄 미리 알았지만, 한국에서 막 스카우트된 직원 한 명이 당황한 나머지 그만 창문으로 뛰어내려 다리가 부러지는 사고를 치고 만 거다. 앰뷸런스까지 출동하고 구경꾼들이 몰려 연신 사진을 찍어대자, 돈만 받아 조용히 가려던 공안이 그만 난처해지고 말았다.

"병신 새끼! 별일도 아닌데 뛰어내리고 지랄이야, 지랄이!"

보는 눈 때문에 하는 수 없이 체포되어 파출소까지 갔던 영봉이와 조직원들은 두목이 일인당 5만 위안씩 계산해 총 40만 위안을 (한화 약 6,800만 원) 지불하자 바로 풀려나 다시 작업을 할 수 있었다고 한다. 이곳에서 가장 고가의 아파트에서 살며 벤틀리 같은 고급차만 몰고 다니는 두목에게는 공안들에게 들어가는 그 정도의 돈은 크게 아까운 게 아니었다.

"요즘은 많이 힘들죠. 은행 쪽 규제도 많이 생기고 뉴스에서 하도 떠들어대 잘 속지도 않고…. 예전에는 한 달에 적어도 5~10억은 했는데 요즘은 3억 하기도 쉽지 않아요."

말은 그렇게 해도, 중간 보스급인 영봉이가 BMW를 타고 대학생 여자 친구에게 덥석 시내 한가운데에 애견 숍을 차려줄 정도였다니, 사실 그렇게 어려워진 것 같지도 않았다.

적지 않은 뒷돈에도 불구하고 영봉이네 조직이 이렇게 잡혀 온 건 영봉이 쪽에서 보면 무척이나 억울할지 몰라도, 돈을 받는 공안들도 나름 할 말은 있다. 한국 경찰이 이번처럼 더 높은 선의 공안과 공조해 수사를 진행할 때는 별도리가 없기 때문이다.

영봉이는 요즘 생각이 많아진 것 같다. 같이 잡혀온 두목 형님을 믿고 끝까지 한번 가보느냐, 아니면 자신의 살 길을 따로 찾느냐를 고민 중이다. 공안 쪽 커넥션을 관리하는 두목의 아버지가 검찰과 법원에도 뒷돈을 써 자신도 한 2년 정도로 나갈 수 있다면 더할 나위 없이 좋겠지만, 그게 생각대로 안 되면 최소 7년은 감옥에서 썩어야 할 판이다.

"아저씨! 차라리 '립공' 하는 게 낫겠죠? 베이징에 친한 친구 놈 하나가 있는데 걔네 조직은 한국 놈만 80명이에요. '립공'만 되면 쉽게 나갈 수 있을 것 같은데, 문제는 공안 새끼들을 도대체 믿을 수가 있어야죠."

'립공'이란 한국에는 없는 제도이지만, 검찰에게 다른 범죄

사실을 알려주는 대가로 자신의 형량을 낮출 수 있는 미국의 플리 바겐(plea bargain)과 비슷한 협상제도다. 영봉이는 친한 친구 놈이 있다는 그 조직을 넘기고 자신의 형량을 낮추고 싶지만, 그렇게 '립공'을 해도 검찰에서 그 공을 자신들의 실적으로 가로채는 일이 너무 많아 주저하고 있었다.

"하여간 짱깨 양아치 새끼들! 의리라곤 눈곱만치도 없댕께!"

옆에서 듣고 있던 재훈이가 언제나 그랬듯이 또 시비를 걸어온다.

"뭐라고? 이 얼빤한 한국 머저리 새끼가 뒈질라고 환장했나!"

열이 받친 영봉이가 벌떡 일어나 재훈이의 멱살을 잡자 순식간에 주위의 수감자들이 달려들어 뜯어말리기 시작한다. 수감자들끼리 싸움이 나면 단체로 일주일 동안 바깥 구경을 할 수 없기 때문에 필사적으로 말리지 않을 수 없다. 몇몇은 감시 카메라의 시야를 가리기 위해 앞에서 펄쩍펄쩍 뛰면서 한동안 난리법석을 떨었다. 재훈이는 말끝마다 '겁나게'라는 형용사를 붙이는 전라도 출신 한국인이었다.

"아저씨! 저는 정말 겁나게 억울해요."

녀석은 결코 좋은 녀석은 아니었지만 얘기를 들어보면 나름 억울한 구석이 없지는 않았다.

재훈이는 중국에 오자마자 비행기 표를 대준 보이스피싱 조직에게 여권을 압수당했고, 녀석의 말이지만 이곳 보이스피싱 조직

의 행태에 진절머리가 나 한국으로 돌아가려 했지만 폭행만
당하고 숙소에 머물고 있다가 잡혀 왔다고 했다.

"아~ 이 새끼들은 한마디로 사람이 아니에요! 아저씨, 몸캠
아시죠? 왜, 휴대폰으로 여자인 척 접근해서 남자들 변태 행위
하는 것 찍어서 막 협박하는 거 있잖아요. 40대 아저씨가 한
명 걸렸는데 가족들한테 동영상 보내겠다고 협박해 백만, 이백만,
삼백만 이렇게 계속 뜯어먹더니, 이 아저씨가 울면서 더 이상
돈이 없다고 하니까‥, 나, 참… 사장이란 새끼가 직원에게 한다는
말이… '야, 이 새끼 돈 더 안 나온다. 그냥 동영상 풀어!' 이러는
거 있죠? 이게 어디 사람새끼가 할 짓이에요? 돈 뜯어 갔으면
됐지. 하여간 쌩 양아치 새끼들이라니까요!"

재훈이가 정말 그런 이유로 그만두려고 했는지, 아니면 백퍼센
트 성과급제인 이 바닥에서 자신이 원하는 만큼 돈을 벌지 못해
돌아가려 했는지는 잘 모르겠지만, 집에 가겠다고 보채다가 두목
에게 조인트 몇 대 까인 건 사실인 듯했다. 대신 두목이 조금만
더 있어 보라면서 던져준 용돈 1만 위안(한화 약 170만 원)을
냉큼 받아쓴 것도 사실이고….

"제가 여기 오기 전에는 동남아 '스포츠 토토' 하는 데서 일했는
데, 거기는 여기에 비하면 양반이에요, 양반! 거긴 도박하고
싶은 놈들이 지가 좋아 들어와서 돈 잃는 거지, 여기처럼 멀쩡한
사람들한테 막 협박하고 막 사기 치고 그렇지는 않죠! 어디 멀쩡한

사람한테만 치나요. 사장 마누라 년은 장애인한테 2천만 원이나 뜯어먹고 그걸 자랑까지 한다니까요."

재훈이가 얘기해 준 그 자랑질은 소위 '조건만남'이라는 작업 중에 일어난 일이라고 한다. '조건만남' 사기수법은 매우 간단했다. 일단 매춘 광고를 올리고 문의해오는 남성들에게 선불만 받고 실제로 여자는 보내주지 않는 매춘 사기 방법이다. 매춘은 쌍벌죄고 금액이 소액이다 보니 사기를 당하고도 남성들이 쉽게 신고를 하지 않는다는 점을 이용한 인터넷 사기다.

한 번은 어떤 지적 장애인이 그 덫에 걸렸는데, 선불금을 떼이고도 계속 다음날까지 카톡으로 "왜 오지 않느냐"며 순진하게 물어 오자, "택시비가 없어서, 병원에 가봐야 해서, 생리대 살 돈이 없어서."라는 말도 안 되는 구실로 계속 돈을 뜯어내다 나중에는 사장 마누라가 직접 통화까지 해가며 애인 노릇을 해 그 장애인을 탈탈 털어먹었다는 얘기였다.

이번에는 옆에서 듣고 있던 영봉이가 뜬금없이 끼어든다.

"우리는 그런 짓은 안 해. 아무한테나 사기 안 쳐! 특히 조선족한테는."

재훈이는 어이가 없다는 표정을 짓다 한마디 쏘아붙인다.

"하여간 연변 거지새끼들, 한국 사람들이 느그들한테 뭘 그렇게 잘못했다고 지랄들이냐?"

재훈이의 머리에는 영화에서 본 지저분하고 무식하고 잔인한

킬러 '연변거지들'의 모습이 깊게 새겨져 있고, 조선족 영봉이에게는 그 장면을 보면서 쪽 팔리고 열 받았던 불쾌한 기억이 깊게 남아 있는 듯했다.

조선족 사투리로, 전라도 사투리로, 또 서로 쌍욕을 하며 씩씩거리는 두 녀석의 모습을 보면서 한국인과 조선족의 화합은 참 쉽지는 않겠다는 생각이 들었다.

Dead Man Walking

우리 담당 최 관교는 두 곳의 수감실을 관리했다. 간수소 수감자들은 감옥과 달리 걸핏하면 싸움을 했는데, 최 관교는 그때마다 싸움을 한 수감자들을 분리시켰다. 분리는 하루 이틀일 수도 있었고, 사이가 많이 안 좋으면 영구적이 될 때도 있었다.

'김훈'이라는 수감자가 우리 방으로 온 까닭도 바로 싸움 때문이었다. 철문이 열리고 그가 방으로 들어오는 순간, 우리 방 분위기는 싸해졌다. 수감자들은 꽤 긴 시간 동안 서로 아무 말이 없었다. 그가 우리를 이렇게 한순간에 얼어붙게 한 이유는 여러 가지가 있었다.

그 첫 번째는 그가 입고 있는 노란색 조끼였다. 이곳 수감자들은 모두 '옌칸'이라고 쓰인 간수소 조끼를 걸쳐야 했는데, 보통은 푸른색을 입었고 환자는 녹색, 그리고 살인 그것도 의도적 살인 혐의로 잡혀온 수감자들만 노란색 조끼를 입었다.

그는 두 명을 살해한 혐의로 잡혀온 탈북자였다. 그리고 우리를 한층 더 심란하게 만든 건 그가 차고 있는 족쇄였다. 재판 때 내가 찼던 것과는 차원이 달랐다. 옛날 흑인 노예들의 발목에나 채워져 있었을 법한, 그런 무지막지한 족쇄였다. 열쇠 구멍 자체가 없으니 채울 때도 풀 때도 '스레지해머'라는 큰 망치로 굵은 나사못을 때려 박고 때려 빼야 하는 그런 원시적인 형벌 도구였다.

그가 걸음을 옮길 때마다 철커덩 철커덩 하는 으스스한 소리가 났고, 난 그때마다 오래전 봤던 숀 펜 주연의 <데드 맨 워킹>이라는 영화를 떠올렸다.

'Dead Man Walking' 은 '사형집행을 직감한 사형수가 형장으로 이동하는 그 걸음걸이와 시간'을 뜻하는 말이다. 구태여 직역하자면 '죽은 자의 걸음'쯤 될까….

김훈은 그 영화 속 숀 펜처럼 사형수였다. 그리고 그 족쇄는 곧 죽을 자, '데드 맨'의 징표였다. 탈북을 한 그는 중국 국경 인근 농가에 들어가 도둑질을 하다가 발각되자, 한족 주인 부부를 살해한 혐의로 이미 길림성 고등법원에서도 형을 확정 받은 상태였다.

중국에서는 사형 판결을 받은 사람들이 다시 회생할 가능성은 극히 희박하다. 그리고 집행 역시 그리 시간을 끌지 않는다.

로리와 함께 했던 방에서는 내가 수감되기 바로 전, 어느 수감자의 사형이 집행되었다고 한다.

"그날 새벽에 동생이 왔었지. 그리고 친했던 수감자 몇 명과 같이 먹고 싶다고 해서 나도 단두반 함께 먹었지. 그리고 그날 바로 죽었지. 간수소에서 한 일 년 반 있었나?"

중국은 사형 집행 당일엔 사형수에게 최후의 한 끼인 단두반(斷头饭)을 제공한다. 단두반은 '사형수가 먹는 지상에서의 최후의 한 끼'로, 먹고 좋은 곳으로 가라는 의미에서 비교적 좋은 음식으로 차려준다. 로리와 함께 마지막 식사를 했던 사람은 사건발생 당시부터 이 지역을 떠들썩하게 만든 살인범이었다.

나기봉 씨는 재혼한 부인이 한국에 나갔다 돌아온 뒤, 자신을 무시하고 한국에서 만난 남자친구와 계속 연락을 하자 그녀를 살해하고 시체를 토막 낸 뒤, 절단한 부분들을 솥에 삶은 후 하수구에 흘려버린 엽기적 행각을 저지른 자다. 그 과정에서 재혼한 부인의 스무 살 딸까지 살해했지만 그녀의 시체는 끝내 찾지 못했다고 한다.

당시 공안은 과학수사로 검거했다면서 떠들어댔지만, 나기봉 씨는 스스로 자수한 거라고 했다. 하지만 그는 의붓딸의 시체에 대해서는 어찌된 일인지 죽는 날까지 함구했다고 한다.

나 씨는 그날 단두반을 먹고 중국 범죄자들이 가장 두려워한다는 죽음의 밴 '사형집행 버스'에 올라 약물주사로 삶을 마쳤고, 간수소에서 30분도 안 걸리는 화장터로 곧바로 옮겨져 한 줌의 재가 되었다.

중국은 현재 사형집행 제도가 남아 있는 국가 중의 하나다. 그리고 정확히는 알 수 없지만, 그중에서도 사형집행이 가장 많은 나라로 추측되고 있다.

이전부터 중국 공산당은 파룬궁 죄수들을 대상으로 장기를 적출하는 사건들을 저질러왔다. 그래서 이 약물주사 사형집행에 대해 주위로부터 의심의 눈초리를 많이 받았다. 국제 인권단체에서는 죄수의 장기 적출을 편리하게 하기 위해 기존의 총살형에서 약물 투여 방식으로 변경했다고 주장한다. 이들의 주장은 사형 버스에서 사형을 집행하게 되면 사망 후 바로 장기를 적출할 수 있게 되고, 총살형으로 인해 생기는 장기 손상 등을 막을 수 있기 때문에 매우 효과적인 방법이라는 것이다. 이러한 방법으로 중국의 수많은 관리들이 이익을 취하고 있다고 했다.

실제로 중국에서는 매년 약 12,000건 이상의 신장 이식 수술이 이루어지고 있지만, 장기 기부로 인해 실행되는 수술은 500건이 채 안 된다고 알려져 있어 이러한 주장을 뒷받침해 주고 있기도 하다.

아무튼 김훈도 그렇게 '사형집행 버스'만을 기다리고 있는 상태다. 나기봉 씨는 그래도 마지막 날 찾아올 동생이라도 있었지만, 탈북자인 김훈은 정말 아무도 없다. 그가 나고 자란 조국 북한은 중국 사법부의 계속되는 신원확인 요청에도 '우리나라에는 그런 사람 없다'로 회피했고, 덕분에 김훈의 판결은 무려

5년이나 걸렸으며, 그는 그동안 이 간수소에 내내 갇혀 있었던 것이다.

마지막으로, 그의 남다른 외모도 우리 방의 수감자들을 얼어붙게 만든 이유 중의 하나였다. 간수소의 모든 남자 수감자의 머리는 '빡빡이'에 가까웠지만, 그의 머리는 분명 장발이었다. 머리부터 얼굴 반쪽이 화상으로 심하게 일그러진 탓에 그는 늘 머리카락으로 그 흉터를 가리고 다녔다. 하지만 제대로 씻지 못한 탓에 그의 머리는 늘 기름이 끼고 떡 져 있었다. 냄새 또한 장난이 아니어서 그의 흉측스러운 몰골과 함께 다른 수감자들이 그를 기피하게 만드는 또 다른 이유였다.

돈이 없으니 간수소에서 파는 비누나 샴푸는 살 생각도 못할 게 뻔했다. 간수소에서 파는 물품들도 감옥만큼이나 바가지요금이었다. 게다가 이곳은 어디서 그런 물품을 구해오는지 짝퉁 제품이 태반이었다. 가짜 KS 인증 마크가 붙은 짝퉁 한국 유기농 비누를 버젓이 팔았고, 밖에 나가면 리어카에서 두 켤레에 10위안씩 하는 짝퉁 미국 FILA 양말이 이곳에서는 한 켤레에 9위안이었다.

아무리 짝퉁이 판치는 중국이라고 하지만 그래도 간수소는 분명 중국 사법부 소속일 텐데 이건 해도 해도 너무하다 싶었다. 중국 유명 술을 가짜로 만들다 잡혀온 수감자가 간수소에서 파는 짝퉁 양말을 사 신고 다니는 모습은 내겐 아이러니해 보였다.

아이러니한 것은 또 있었다. 바로 김훈의 손이었다. 화상으로 인해 그의 손은 손가락들이 다 들러붙어 제대로 주먹을 쥘 수도, 펼 수도 없는 상태였다. 난 그가 그런 손으로 족쇄까지 찬 상태에서 어떻게 무슨 싸움을 할 수 있었을까 궁금했다. 자세히는 모르겠지만, 과연 그 손으로 두 명을 살해할 수 있었을까 하는 의구심마저 들었다.

왕 씨 아저씨가 김훈을 내게 데려와 인사를 시켰다. 우리 방으로 오기 전에 같은 방에서 6개월 정도 함께 지냈다고 했다.

"그래도 같은 말하는 동포끼린데 인사는 하고 지내야지."

조교(북한에 사는 중국인) 출신 탈북자 브로커인 왕 씨는 유창한 조선말로 우리를 서로 소개해 주었다.

김훈은 우리 방에서 이틀을 보내고 다시 돌아갔다. 방을 나가기 직전에 나에게 물었다.

"혹시, 다 보신 책 같은 거 있으세요?"

갑작스러운 부탁에 나는 아내가 애런 영사를 통해 넣어준 책 중 몇 권을 골라 서둘러 건네줬다. 그는 제때 제대로 치료를 못해 이젠 완전히 어정쩡하게 굳어진 두 손을 내밀어 책을 받아갔다.

"여기 너무 오래 있어 그런지 정신이 좀 오락가락 해. 가끔 자기는 '김훈'이 아니라고 헛소리도 하고, 무슨 인민군 소좌라고 할 때도 있고, 하여간 행방이 없어…. 성질 하나는 깐깐하지. 그러니까 다른 놈들한테 뭐 하나 못 얻어먹고 맨날 싸움질만 하지. 간수소에서 제일 오래됐고 지 얘기를 잘 안 하니까 어떻게 잡혔는지 다른 사람들도 정확히 잘 몰라."

김훈의 내력을 궁금해 하는 나에게 왕 씨는 자신이 아는 대로 얘기해 주었다.

"불쌍한 놈이지. 돈 한 푼 없이 여기서 5년을 버텼다고 생각해 봐. 얼마나 끔찍하고 힘들었겠는지…. 안 된 얘기긴 하지만, 어쩌면 하루라도 빨리 죽는 게 더 나을 수도 있지."

안타까운 듯 혀를 차는 왕 씨는 북조선 청진에서 스무 살 너머까지 살다 와서 그런지 대화 속에 언제나 조선 사람들에 대한 애정과 연민이 묻어났다.

고난의 행군 시절, 인민들이 공장의 배터리부터 전철의 전선까지 훔쳐가기 시작하자, 북한 공산당은 일벌백계식 처벌수단으로 장마당에서 매주 공개 처형식을 거행했다고 한다. 그 모습에 질려 버린 왕 씨는 곧바로 짐을 싸 북조선을 떠났고, 중국 변경도시 화룡에서 조선족 아내를 만나 그곳에 터를 내렸다. 처음에는 북조선에 있는 친지나 친구들에게 필요한 물건을 밀수해 파는 일을 하던 그는 몇 년 전부터는 탈북 브로커로 일해 왔다.

왕 씨의 임무는 국경을 넘은 탈북인들을 요녕성의 선양까지 데려다주는 일이었다. 탈북 루트는 제법 분업화되어 있는데, 일단 북한 쪽 브로커가 사람들을 국경선 밖으로 넘기면 왕 씨가 선양까지, 그러면 다른 브로커가 칭다오까지, 또 다른 브로커가

운남성 쿤밍까지 이동, 마지막으로 정글을 헤치고 국경을 넘어 태국이나 미얀마의 대한민국 대사관으로 가는 일만 킬로미터의 대장정이다.

일인당 미화 약 2만 달러가 든다는 이 탈북 비용은 먼저 탈북에 성공해 남쪽에 가 있는 가족이나 친지가 선지불하고, 이후 대한민국에 도착하면 정부에서 주는 정착금이나 보상금으로 되갚는 형식이라고 한다.

왕 씨는 이 브로커 일로 생계를 꾸려 왔는데, 2019년부터 중국 공안이 갑자기 탈북민 수색을 강화했다고 한다. 북한 측이 탈북민 한 명당 2천 위안씩의 포상금을 중국 공안에 약속했다는 소문까지 돌 정도로 중국 측 단속이 심해지자, 왕 씨는 일단 일을 접고 쉬는 중이었는데 한 통의 전화가 왔다고 한다. 이전에 탈북을 도와준 큰딸 부부가 북한에 남아 있던 연로한 어머니와 여동생을 선양까지만 꼭 데려다 달라는 요청이었다. 간곡한 부탁에 하는 수 없이 핸들을 잡은 왕 씨는 멀리 장백현까지 가서 그들을 차에 실었지만 미리 잠복하고 있던 공안에게 발각되어 체포되고 만 것이다.

"나야 몇 년 살고 나가면 그만이지만 그 어머니와 여동생이 문제지. 온 가족이 다 도망가려고 했으니 그 놈들이 이제 어디 가만 두겠어?"

박해 위험이 있는 곳으로 돌려보내서는 안 된다는 국제 강제송

환 금지의 원칙을 중국이 준수할 리 없었고, 모녀는 형식적인 수사만 마치고 바로 북으로 인계되었다고 한다.

체포 당시 어머니는 허리춤에 하얀 가루가 든 헝겊을 두르고 있었다고 한다. 얼마 전 돌아가신 영감님의 뼛가루였다. 아무도 없는 북조선에 홀로 영감님을 두고 오고 싶지 않아 그렇게라도 모시고 나오려 했는데…. 빼앗기지 않으려는 그녀의 몸부림에 마약인 줄 알고 거칠게 낚아채는 공안의 우격다짐에, 헝겊은 곧 찢어져 버리고 영감님의 마지막 흔적들은 그렇게 춥고 낯선 이국땅의 이름 모를 산골짜기에 뿌려지고 말았다고 한다.

당시 일만 회상하면 가슴을 옥죄는 죄책감 때문인지 왕 씨는 연신 깊은 한숨을 내쉬었다.

There's a pale horse comin'
I'm gonna ride it
I'll rise in the morning
My fate decided
I'm a dead man walkin'
I'm a dead man walkin'

난 그날 밤 꿈에서 브루스 스프링스틴의 구슬픈 노래가 흐르는 '데드 맨 워킹'의 끝 장면을 보고 있었는데, TV 화면에 숀 팬의 모습이 아니라 자꾸 김훈의 모습이 나와서 당황스러웠다.

예언자

"혹시 '진선인'을 아십니까?"

방풍장에서 구보 중인 나에게 누군가 말을 걸어온다. '도를 아십니까?' 하며 접근하는 한국 사이비 종교의 길거리 포교도 아니고, 또 '진선인'은 뭐지, 진선미는 아는데…, 같은 건가?

나를 잠시 헷갈리게 만든 사람은 얼마 전 우리 방으로 온 조선족 이만길 씨다. 이마가 너무 길어 마치 삼류 SF 영화에 나오는 '콘헤드' 외계인 같기도 하고, '합죽이' 상인 데다 간수소가 뭐가 그리 좋은지 늘 웃고 다녀 안동 하회탈 같아 보이기도 했다.

생김새도 그런데, 그는 지적 수준도 약간 떨어졌다. 가끔 시청각 교육시간에 유교 경전의 효도, 사랑 등 하여간 부모님에 대한 얘기만 나오면 눈물, 콧물 다 흘리며 엉엉 울어댔다. 그러고는 잠시 후, 언제 그랬냐는 듯이 또 '스마일'이었다. 안 그래도 여러 모로 다른 수감자들에게 타박 받을 거리가 많은데, 만길 씨는 게다가 '파룬궁' 신자였고, 체포된 이유도 그 때문이었다.

공산당의 교육이 무섭긴 무서웠다. 파룬궁을 말살시키기 위한 공산당의 흑색선전에 길들여진 수감자들은 한족, 조선족 가릴 것 없이 파룬궁 신자 만길 씨를 비웃고 손가락질했다. 나이 오십이 넘은 그는 아들뻘 되는 놈들에게 조롱감이 되었고 걸핏하면 엉덩이를 걷어차였다. 그래도 한족에 비해 연장자를 대접해 주는 조선족들조차도 '조선족 망신시킨다.'는 이유로 그를 따돌리고 멀리했다.

그가 물어온 '진선인'(眞·善·忍)이란 진실·선량·인내를 핵심 사상으로 삼는 중국의 심신 수련법이다. 그리고 중국 공산당이 '왜 저렇게까지 싫어할까' 싶은 '파룬궁'은 바로 '진선인'을 통해 인격수양과 신체단련을 한다.

파룬궁이 처음부터 중국 공산당에게 미움과 탄압을 받은 건 아니다. 오히려 처음에는 인민들의 문화생활 증진을 위해 장려하기도 했다. 창시자 리훙쯔는 그래서 국민 건강에 기여한 공로로 수차례 표창까지 받았다. 하지만 문제는 인기가 많아져도 너무 많아졌다는 것이었다.

중국에서도 '웰빙'이 트렌드가 되면서 수련자가 1억 명을 돌파하자 8천만 명의 당원을 가진 공산당은 위협을 느끼기 시작했고, 청나라 말 '태평천국의 난'을 떠올리며 파룬궁을 사교 집단으로 낙인찍어 본격적으로 탄압하기 시작한다.

중국의 파룬궁 탄압은 대륙스럽게 잔인하고 끈질겼다. 100여 가지 고문법을 사용해 수련을 포기하게 했고, 끝까지 버티는 자들은 산 채로 장기를 적출해 사망케 하기도 했다. 이 박해와 탄압은 20년 넘게 계속되었고, 현재까지 얼마나 많은 사람들이 실종되고 죽었는지 중국 공산당 빼고는 아무도 알지 못한다.

중국에선 (중국 IP 이용하여) 구글, 유튜브, 페이스북 같은 사이트와 SNS 접속 자체가 불가능하다. 그 이유에는 천안문 사태와 더불어 바로 이 파룬궁 사건의 본질과 실체를 철저히 바깥세상으로부터 숨기려는 중국 공산당의 꼼수가 숨어 있다.

만길 씨는 '그래도 이 방에서 제일 자기 자신을 인간 대접해 준다.'면서 나에게 무척이나 친근하게 굴었다.

"이 사장, 노스트라다무스 알아요? 1999년 지구 종말 그거…"

"알긴 알죠, 그런데 이미 거짓말로 판명됐잖아요."

"아니, 아니지, 1999년 7월, 바로 장쩌민이 우리를 탄압하기 시작한 때지."

그러니까 만길 씨 얘기는 노스트라다무스 예언서에 나오는 1999년 7월 하늘로부터 출연한다는 공포의 대왕이 바로 장쩌민 전 주석이라는 것이었다. 어이없는 '풀이'이긴 했지만, 이럴 때 보면 그래도 그에게 지적 문제가 있어 보이진 않았다. 그리고 그에게는 분명 남다른 능력이 있긴 했는데, 일종의 예지력 같은 거였다.

그가 갓 왔을 때였다. 방풍장에서 다람쥐 쳇바퀴 돌듯 돌고 있는데, 뒤에서 따라오던 그가 도대체 누구 들으라고 하는 건지 모르겠지만 계속 혼잣말을 해댔다.

"분명 여기였어, 잡혀오기 전에 내 꿈에서 분명 여길 봤다니까요. 저 담벼락도, 또 담벼락 너머 백양나무들도… 꿈속이랑 똑같아요. 현몽이네…. 내가 꾼 게 바로 현몽이야, 현몽!"

그때는 그의 말을 별생각 없이 흘려들었던 것 같다. 단지 그 상황에서는 '현몽'이 아니라 '선몽'이라는 단어가 맞지 않나 생각했던 것 같다. 하지만 그의 두 번째 꿈은 '현몽'도 '선몽'도 아닌 '예지몽'이었다.

만길 씨는 꿈에 장백산(백두산)의 화산이 폭발해 도시가 잿더미로 변하고 양쯔강 물이 끓어올라 범람해 사람들이 다 죽어가는 걸 보았다고 했다.

"분명 중국이 망하는 꿈이에요, 이제 중국 공산당도 얼마 남지 않은 거죠. 끝난 거죠."

비장함과 함께 약간의 고소함이 느껴지는 표정으로 만길 씨는 '셀프 꿈 해몽'을 했고, 그리고 다음날부터 뉴스에서는 본격적으로 코로나 사태가 보도되기 시작했다.

"저거 보세요, 내 꿈이 맞죠?"

하루하루 불어나는 사망자 수를 지켜보면서 만길 씨는 많이 흥분했다. 하지만 그의 꿈과는 달리 전 세계에 병균을 퍼트린 중국 공산당은 정작 자신들의 방역은 철저하게 해서 사망자 수를 점차 줄여갔고, 도리어 미국이 하루에 수천 명씩 사망자를 쏟아내며 멸망해 가는 것처럼 보였다. 덕분에 만길 씨의 흥분은 가라앉았지만, 나는 미국으로 갔다는 가족 걱정에 매일 노심초사 했다.

하루는 만길 씨가 나에게 꿈 해몽을 부탁한 적도 있다. 자신의 이가 빠지고 피가 나는 꿈을 꿨다고 했다. 어디선가 들은 내 지식으로는, 그런 꿈은 부모님에게 안 좋은 일이 생길 수 있음을 암시하는 흉몽이라고 알고 있었다. 하지만 안 그래도 팔십이 넘은 중풍 환자, 아버지를 홀로 두고 와 식사 때마다 아버지 걱정에 눈물을 흘리는 그에게 그런 해몽을 알려줄 수는 없었다.

만길 씨는 이곳에 잡혀오기 전, 국수 공장에 다니면서 거동이 불편한 아버지를 혼자 돌보았던 효자였다. 한국으로 돈 벌러 간 아내와는 이혼한 지 꽤 되었고, 어머니는 아버지 병시중을 하시다 도리어 먼저 암으로 2년 전쯤 돌아가셨다고 한다. 스무 살 먹은 아들이 하나 있긴 한데, 아버지 정신이 온전치 않다는 이유로 집과는 발을 끊은 지 오래라고 했다.

만길 씨는 파룬궁 전도요원이었다. 작은 돌에 파룬궁 전도지를 둘둘 감아 새총을 이용해 새벽에 공원의 나무 위에 걸어 놓는 게 그의 임무였다. 그렇게 해놓으면 언젠가 공원을 찾는 방문객들 발등에 그 돌이 떨어질 테고, 그 돌을 우연히 주운 방문객은 수고를 마다하지 않고 돌에 감긴 전도지를 펼쳐 보고 크게 감명을 받아 파룬궁에 빠진다는, 참! 만길 씨다운 전도 방법이었다.

그 방법으로 얼마나 많은 신자를 모았는지는 모르겠지만, 하여간 만길 씨는 직장 동료에게 그 사실이 탄로가 나서 잡혀오게 되었다.

"우리 아버지 밥은 누가 챙겨 주겠죠?"
"공안에서 우리 누이에게 연락은 했겠죠?"
"그런데 왜 누이는 영치금을 안 넣어주지?"

만길 씨는 궁금한 게 많았다. 하지만 돈도 빽도 변호사도 없는 그가 밖의 아버지에게, 또 한국에 있다는 누이에게, 연락할 방법은 없었다. 가끔 복도로 난 창문의 쇠창살에 얼굴을 붙이고 지나가는 최 관교에게 간곡히 부탁도 해보았다. 하지만 돌아오는 대답은 늘 똑같았다.

"아니, 이 사람이 큰일 날 소리 하네. 관교가 어떻게 수감자 가족하고 연락을 해? 누구 옷 벗는 꼴 보고 싶어?"

어제 아침에도 스무 살짜리 한족 수감자에게 밖에서 가족이 보내온 만두를 배달했던 그가 심히 역정을 냈다. 밖에 계신 그의 아버지 안부를 알 길이 없으니, 그의 꿈에 내가 알던 해몽이 맞는 건지 안 맞는 건지 확인은 할 수 없었다. 하지만 신기하게 그의 꿈은 어떤 식으로든지 비슷하게 맞아떨어지기는 했다.

"이 사장, 어떡하지? 나 좀 도와줘!"

그날 저녁, 만길 씨는 울상이 되어 화장실에서 나를 급히 찾았다. 그 이유는, 정말 그의 이가 다 빠져 버리고 말았기 때문이었다. 만길 씨는 어릴 때 열병을 앓아 이가 하나도 없었다. 그가 '합죽이' 상이었던 건 위아래 모두 틀니였기 때문이다. 매일 저녁 방장의 허락을 받고 혼자 화장실에 쪼그려 앉아 틀니를 청소했는데, 그날 그만 칫솔로 닦던 아래 틀니가 변기통에 빠져 버린 거다.

수감실 화장실은 너무 좁아, 그냥 재래식 중국 변기만 두 개 있다고 상상하면 된다. 세수를 할 때도, 목욕을 할 때도, 설거지를 할 때도, 빨래를 할 때도, 모두 그 변기 위에 서서 하거나 대야를 받쳐 놓고 했다. 그래서 나도 경험해 봤지만 세숫비누나 칫솔을 실수로 놓치면 여지없이 자동으로 변기 구멍으로 빨려 들어가기 마련이었다.

반은 재래식, 반은 수세식인 이 오래되고 요상한 변기는 육안으로 보이는 파이프가 밖의 정화조까지 연결되어 있었고, 배설물을 밖으로 보내려면 바가지로 물을 퍼서 쏟아 부어야만 했다.

만길 씨의 틀니는 그 녹슨 파이프 통로에 오물 찌꺼기들과 함께 걸려 있었는데, 문제는 그 통로가 너무 좁다는 거였다. 만길 씨는 자신의 재산 목록 1호인 틀니를 되찾기 위해 그 통로에 팔을 쑤셔 넣어 필사적으로 허우적거려 봤지만, 야속한 틀니는 끝내 손에 잡히지 않았고, 애꿎은 그의 팔뚝만 여기저기 긁혀 피와 오물로 범벅이 되었다.

아무리 왕따인 만길 씨지만 수감자들이 보기에도 그 모습은 너무나 안타까웠다. 서로 꺼낼 방법을 궁리하다 여의치 않자 담당 관교를 호출해 주었다.

"에이, 이거 무슨 도구가 있어야 꺼낼 수 있겠는데…."

들어올 때부터 짜증스러워하던 최 관교가 도구라고 가져온 건 밖에서 주워 온 얇은 나뭇가지 하나였다. 손전등을 비추고 나뭇가지로 통로에 낀 틀니를 툭툭 쳐대던 최 관교가 순간 당황한다.

"어… 어… 어, 이거 어떡하지?"

어째 불안 불안하더니 걸려 있던 틀니가 그만 '쏙', 파이프 타고 정화조로 내려가 버렸다. 그리고 그것을 지켜보고 있던 만길 씨는 더 이상 자신의 틀니가 보이지 않자 그만 울음을 터트리고 말았다.

"아, 아, 괜찮아, 괜찮아. 내가 밖에 연락해서 그 틀니 만드는 치과 의사 불러올 테니까. 울지 마, 그래 울지 마. 오케이, 오케이?"

최 관교는 또 그 예의 'OK' 사인을 손가락으로 만들어 보여주며 울먹이는 만길 씨를 달랬다. 나도 그랬지만 수감실 모두가 최 관교의 그 말을 믿는 사람은 없었다. 오직 한 사람, 만길 씨만 내가 그곳을 떠날 때까지 그 약속을 믿고 있는 눈치였다.

"코로나 때문에 여태 의사가 못 들어와 그러죠. 다음 주부터 간수소 면회도 다시 된다니까, 내 틀니도 곧 오겠죠, 하하하!"

3개월 넘게 씹을 수가 없어 밥을 마셔 먹는 모습에 내가 '힘들지 않냐'고 묻자, 그는 그의 트레이드 마크인 하회탈 웃음을 보이며 그렇게 답했다.

난 그 후에 만길 씨의 틀니에 대해 더 이상 들은 바 없지만, '립공'을 위해 같은 신자 여덟 명을 신고한 그가 끝내 풀려나지 못했다는 소식은 들었다. 사회질서 혼란인가? 국가안보 위협인가? 아니, 사회주의 체제 전복 시도인가? 하여간 그런 모호한 죄목으로 끝내 실형을 받았다는 얘기를 얼추 전해 들었다.

"공안 형사가 장기 적출한다, 뭐 한다 협박해서 무서워 그런 건 아니에요. 불면 일단 내보내는 준다 하니까…. 제가 빨리 못 나가면 밖에 혼자 있는 울 아버지, 진짜 죽어요, 죽어! 저도 미안하고 죄스럽죠."

자신 때문에 줄줄이 굴비로 여덟 명의 신자가 간수소에 잡혀 왔다는 소식에 많이 죄스러워하던 만길 씨의 마지막 모습이 아직도 기억에 생생하다.

Good bye, 'YanKan'

　화상으로 치러진 두 번째 선고공판에서 나는 드디어 판결을 받았다. (결심공판이 끝난 후, 선고만 남겨둔 첫 번째 선고공판은 어떤 이유에서인지 진행 도중 재판장이 갑자기 중단시켰다. 난 결심재판 후, 변호사를 한 번도 본 적이 없다. 아직도 그 이유에 대해서는 알지 못한다.)

　징역 2년, 실형이었다.

　경제범인 경우, 그것도 초범인 경우, 3년 이하면 거의 대부분 집행유예 판결이 나지만, 재판부는 나에게는 이례적으로 실형을 선고했고, '외국인'에 대한 별도의 법 조항도 적용하지 않았다. 나는 판결 후, 바로 추방이 아니라 모든 형을 중국에서 마치고 추방되는 걸로 확정되었다.

　"아니, 씨팔, 이거 너무 한 거 아니에요, 진짜! 광진이 새끼도 집행유예로 나갔는데, 아저씨, 항소하세요, 항소!"

　그래도 같은 한국 사람이라 그런지, 아니면 자신도 바로 한국으로 추방되길 기대하고 있어서 그런지, 재훈이는 하여간 내 선고 결과에 자신의 일처럼 화를 내주었다. 재훈이가 말하는 광진이는 얼마 전까지도 같이 간수소에 있다가 집행유예로 풀려난 녀석이다.

이곳 공안국 국장인가, 부국장인가의 운전수였던 녀석은 나름 '꽌시'가 있어, 사기혐의로 체포된 친구의 가족에게 돈을 받고 그 친구를 풀려나게 해주었다고 한다. 그런데 친구가 재판을 앞두고 다시 구금되고 3년형이 떨어지자, 그 가족들이 광진이를 사기혐의로 신고해 이곳에 잡혀왔다.

광진이는 실제로 그 가족들에게 받은 돈 50만 위안 (한화 약 8,500만 원) 중 절반은 친구를 체포했던 훈춘시 공안국의 고위인사에게 전달했고, 그래서 또 친구가 당시 풀려날 수 있었던 거라고 했다. 하지만 어디선가 일이 꼬여 버렸던 것 같다.

아무튼 광진이는 이곳에 들어와서도 또 그 '꽌시'를 이용했다. 체포부터 판결까지 평균 일 년이 넘게 걸리는 과정이 단 3개월 만에 초스피드로 끝났고, 사기죄로 기소되었던 광진이는 유례없이 가족들에게 손해배상을 해주는 조건만으로 징역 3년에 집행유예 4년을 받고 바로 자유의 몸이 되었다.

다들 일 년 넘게 간수소에서 대기 중인 수감자들은 그런 광진이의 모습에 열이 받칠 만도 한데, 예상과는 달리 모두 무감각하거나 아니면 그저 부러워하기만 했다. 새삼스러울 것도 없는 그들의 오래된 '꽌시' 문화 탓인지, 아니면 공산당에게 항의하거나 덤빈다는 건 꿈도 꾸지 못하는 이유 때문인지, 잘 알 수 없었다.

우리 방에는 나와 비슷한 시기에 들어온 '웨이치'라는 한족 택시운전사가 한 명 있었다. 이 사람의 죄는 이곳 링다우('영도'라는 뜻으로 보통 자기가 모시는 사람 또는 정부조직의 '넘버1'을 가리킬 때 쓰인다.)가 택시에 사용하는 LPG 가스 전매권을 인척에게 주어 다른 인근 도시보다 가격을 비싸게 받자, 이에 항의하기 위해 몇몇 동료들과 하루 동안 영업을 하지 않았다는 거였다. 일단 링다우가 잡아넣으라니 잡아넣기는 했지만 아무리 억지로 죄를 뒤집어씌우려고 해도, 증거라고는 그룹 채팅방에서 약속을 어기고 영업을 한 기사들에게 '육두문자'를 날린 것밖에 없으니 재판을 앞두고 검찰도 난감했던 모양이다.

일 년 가까이 간수소에 그냥 잡아만 놓고 있던 검찰이 불쑥 찾아와 그동안 생이별을 했던 가족과 통화도 하게 해주고, 재판에서 유죄만 인정하면 징역 일 년을 선고받게 해주겠다는 약속을 하고 갔다.

오랜만에 가족과 통화한 웨이치가 눈두덩이 퉁퉁 부은 채 돌아온 그 다음날, 재판부는 그에게 정말 징역 일 년형을 선고했다. 그리고 그는 자신의 남은 형기 7일을 간수소에서 더 보낸 후, 만기 석방되었다. 그가 일 년 내내 가지고 있던 억울함과 분노는 가족을 다시 볼 수 있다는 사실에 그만 눈 녹듯 다 녹아 버린 뒤였다.

죄 없는 피의자라도 일단 지치게 해 자신들 뜻대로 단죄하는 이 방법은 공산당, 공안, 검찰, 법원이 다 한 통속이어야 가능해 보였다.

　나는 재훈이의 권유를 무시하고 항소를 하지 않았다. 항소를 한다고 해서 나의 억울함이 풀릴 것도 아니고, 모두 풀려나 있는 '공범들'만 괜히 다시 법원으로 '오라 가라' 성가시게 만들 것 같아서였다. 또 코로나로 인해 감옥들이 죄수를 받지 않을 때라 어차피 남은 형기를 간수소에서 마칠 수 있을 거라 생각했다. 하지만 이곳에서의 내 예상은 언제나 그랬듯이 또 빗나갔다.

　간수소에는 '판결호'라는 수감실이 따로 있었다. 이미 판결을 받고 감옥으로 갈 수감자들을 별도로 모아두는 방이었다. 보통 이 방에서 2~3개월 대기한 후 감옥으로 가는 것이 순서인데, 당시에는 코로나 때문에 판결을 받은 지 6개월이 넘는 수감자들도 계속 그 방에서 죽치고 있던 상황이었다. 그런데 나는 '판결호'는 구경도 못해 보고 판결이 나자마자 20일간 매일 발열 검사를 하고 코로나 음성 판정이 나오자 바로 감옥으로 이감되었다.

　나는 아직도 왜 나만, 그리고 왜 그렇게 서둘러 나를 감옥으로 보냈는지 정확한 이유를 모른다. 다만 추측컨대, 나는 형기가 끝나면 바로 미국으로 추방돼야 하는데, 옌칸 그러니까 간수소에서는 그런 절차가 불가능하기 때문에 외국인 추방 절차가 가능한 장춘의 티베이 감옥으로 빨리 보낸 게 아닌가 싶다. 그게 아니라면 재훈이 말대로 '미국 놈, 한번 엿 먹어봐라.'라는 공산당의 못된 심보일 수 도 있고….

그 누구도 정확히 얘기해주지 않았지만, 나는 발열 검사를 할 때부터 이곳을 떠날 준비를 시작했다. 돌이켜 보면 내 인생에서 가장 힘들었던 시간이었지만, 시간이 약인지 아니면 우리 인간이 가진 놀라운 적응력 때문인지, 아무튼 그때는 이곳의 그 퀴퀴한 곰팡이 냄새조차도 제법 친근하게 느껴질 때였다.

감옥으로는 아무것도 가져갈 수 없었다. 나는 겨우 사과박스 한 개 분량이지만 일 년 넘게 간직해 온 내 짐을 정리했다. 아내가 처음 넣어 주었던 내복 두 벌. 이젠 많이 해졌지만 보고 있노라니 당시 갑작스러운 나의 체포에 얼마나 놀라고 무서웠을지, 또 혼자 얼마나 외로웠을지, 아내 생각이 나 그만 눈물이 주르륵 흘렸다.

"아저씨, 울어요? 왜 울어요?"

"울긴 누가 울어? 너, 뭐 필요한 거 없어?"

나는 눈물을 감추며 아직 여기서 나갈 길이 먼 재훈이에게 물었다.

"책 안 필요해? 내가 읽던 것 줄까?"

"아니에요, 제가 평생 제대로 읽은 글이라고는 여기 와서 읽은 '전화사기 멘트'가 다예요."

참 솔직한 녀석이었다. 난 쓸 만한 옷과 양말을 대충 챙겨

주었고, 내 영치금으로 간수소에서 제일 비싼 반찬인 '동파육'을 녀석의 이름으로 주문해 주었다.

재훈이는 체포 후, 한국 영사가 한번 오긴 했는데, 그 후에는 코로나로 인해 영사접견이 안 되어 영치금이 한 푼도 없었다. 한창 먹을 나이이기도 하고 원체 식탐도 많은데 돈이 없으니 늘 배고파했다. 내가 구입한 반찬을 함께 먹었고, 간수소에서 나오는 밥으로는 모자라서 내 밥을 나누어주곤 했다.

"아저씨는 나가면 뭐 하실 거예요?"

"글쎄, 이제 나이가 들어 직장 잡기는 힘들 것 같고 어디 조용한 데 가서 글이나 쓸까?"

나는 녀석의 질문에 별 생각 없이 지나가듯 답했다.

"그럼 우리 고향으로 가세요. 가서 울 아버지 찾으세요! 버스 터미널 매표소에 가서 택시기사 김용배 물어보면 다 알아요. 아저씨가 여기서 저한테 반찬도 막 사주고 밥도 막 나누어 줬다고 하면 울 아버지가 고기, 그래, 그것도 한우로 사주실 거예요! 우리 고향에서는 이 짱깨 새끼들 처먹는 돼지고기 같은 건 쳐다보지도 않아요!"

재훈이의 '짱깨 새끼들'이란 말에 눈을 흘기던 영봉이가 끼어든다.

"이 머저리 새끼야! 버스 터미널에 매표소가 몇 갠데 아저씨가 너희 아부지를 그렇게 찾냐?"

"우리 동네는 버스 터미널 매표소가 한 개밖에 없는데…."

한심하다는 듯 쏘아붙이던 영봉이는 재훈이의 답변에 잠시 할 말을 잃었다. 그러고는 잠시 후 다시 쏘아댄다.

"그래, 좋겠다, 한 개밖에 없어서…. 한국 촌놈 새끼야!"

이젠 이 두 녀석의 '아웅다웅'과도 이별이었다. 읽던 책을 마저 정리하고 있는데, 뜬금없이 이 관교가 날 찾았다. 최 관교와 한 사무실을 사용하는 이 관교는 최 관교가 비번일 때 우리 방을 관리했지만 원체 말수가 적어 나를 포함하여 그 어떤 수감자와도 크게 친하지는 않았다.

복도에서 어리둥절해하는 나에게 그가 책 한 권을 건네주었다. 『띵똥, 박부장입니다!』*라는 책이었다. 언젠가 내가 아무 생각 없이 우리 방에 잠시 왔던 김훈에게 주었던 책이었다.

"훈이가 이 선생님에게 돌려드리라고 부탁해서 가져왔습니다."

정말 오랜만에 듣는 존댓말이었다. 이곳의 관교들은 나보다

---

* 온전한 복음과 성경적 교회의 회복을 위해 쓴 정진우의 기독교 소설. 저자는 서울대학교 재료공학부를 졸업하고 MIT 박사 후 연구원 시절, 남과 북 디아스포라 3자가 하나되는 삼국통일의 꿈을 꾸었다. 1994년 연변과기대에서 조선족을 가르치다가, 2003년 평양 평양과기대 설립부총장으로 중국, 북한, 한국과 세계를 오가며 복음·통일·부흥의 화두를 붙들고 민족의 하나됨의 꿈을 설파하였다. 유라시아 대륙의 동해가 21세기의 지중해가 되고, 남과 북이 물길·철길·하늘길로 자유롭게 오가며 서로 돕고 사는 시대를 꿈꾸고 있다.

나이가 많든 적든 무조건 반말이었다. 김훈이가 또 싸움을 해서 결국 이 관교 방으로 옮겨졌다는 얘기는 이미 들었다. 그리고 이 관교가 춘절 때마다 200위안씩 김훈에게 영치금을 넣어준 사람이라는 얘기도 함께 들었다.

"그동안 정말 고생 많으셨습니다."

갑작스러운 이 관교의 정중한 인사에 뜨거운 뭔가가 가슴을 치고 올라온다. 그리고 나는 그 한마디에 울컥하며 그동안 참고 견디어 왔던 이곳 관교들의 막말과 욕설에 대한 보상을 받는 느낌이었다.

『띵똥, 박부장입니다!』라는 책은 아내가 애런을 통해 보내준 책이다. 제목만 봐서는 기독교 관련 서적 같지 않지만, 아내가 다니던 연변과기대 출신 교수님이 소설 형식으로 쓴 복음 전파 가이드 같은 책이다. 무심코 집어준 이 책을 완독한 김훈은 내가 이곳을 떠난다는 얘기를 듣고 책 속에 짧은 편지로 인사를 전해왔다.

마음에 평안을 주는 책을 빌려주셔 감사합니다.
힘들고 힘든 시간이지만 참다 보면 좋은 날이 있겠지요.
이 선생님 가시는 길에도 평안을 주는 그분이 함께 하시길 빕니다.

이종원 드림

삐뚤빼뚤 쓰인 그 편지를 통해 난 그의 본명이 '이종원'이라는 사실을 알았고, 어쩌면 그가 진짜 인민군 소좌였을지도 모른다는 의심을 해보았다.

마지막 최고 인민법원의 결정만 남았다는 그에게 정말 '좋은 날'이 다시 올 수 있기를 기도했다. 그리고 비가 추적추적 내리는 다음날 새벽, 난 수갑과 족쇄를 차고 마침내 '옌칸'을 떠났다.

호송차 차창 뒤로 간수소의 담벼락이 보였다. 커피를 좋아하는 날 위해 아내가 매주 토요일이면 커피를 사 들고 와 그 향이라도 전해주고 싶어 하루 온종일 서성거렸다는 그 담벼락이었다.

치라이!(起來)

　　모든 대대가 다 나왔으니 연병장에는 2천 명이 넘는 죄수들이 모인 셈이다. 죄수들은 두리번거리며 다른 대대에 있는 '아는 사람' 찾기에 분주하다. 제복을 입은 감옥장은 단상 위에 올라 아무도 듣지 않는 일장연설을 근엄하게 이어간다. 나는 공범도, 아는 사람도 없는데다 정신까지 몽롱해 그저 힘없이 감옥 담장 너머 풍경만 바라본다. 그런데 볼수록 신기했다. 마치 도시 한가운데의 고성 같기도 하고, 알박기에 성공한 자투리 땅 같기도 했다.

　　보통 대부분의 중죄인 감옥은 미국 샌프란시스코의 '알카트라즈'*처럼 바다에 둘러싸여 있는데, 이곳 티베이 감옥은 아파트와 빌라 촌에 삥 둘러싸여 있었다. 물론 티베이를 지을 때는 주변이

---

* 캘리포니아 샌프란시스코 앞바다의 섬에 위치하고 있는, '탈출이 불가능한' 인류 역사상 가장 유명한 교도소.

허허벌판이었겠지만, 세월이 가면서 장춘시가 점점 팽창해 티베이는 이젠 도심 한복판에 있는 꼴이 되고 말았다. 담장 바로 너머의 고층 아파트에서는 감옥의 전경이 속속들이 다 내려다보이고, 불이 꺼지지 않는 밤에는 감옥 내부까지 훤히 다 노출될 것 같았다. 그건 감옥 쪽에서도 마찬가지였다.

이층에 위치한 우리 방에서도 담장 너머 맞은편 빌라의 모습이 보였다. 자세히는 아니더라도 저녁이면 그 집 식구들이 오가는 모습 정도는 충분히 볼 수 있었다.

초겨울의 차가운 바람이 뺨을 때리고, 게양대 위 오성홍기가 힘차게 나부낀다.

치라이! 부위엔 쮜 누리더 런먼! (起来！不愿做奴隶的人们！)
바 워먼 띠 쉐로우 주청 워먼 신더 창청! (把我们的血肉，筑
　成我们新的长城！)
중화 민쭈 다오 랴오 쯔이 웨이시엔더 스허우, (中华民族到
　了最危险的时候)
메이거 런 베이포저 파추 쯔이허우더 허우성 (每个人被迫着
　发出最后的吼声)
치라이! 치라이! 치라이! (起来！起来！起来！)

일어나라! 노예가 되기를 원치 않는 사람들이여!
우리의 피와 살로 새로운 만리장성을 세우자!

중화민족에 가장 위험한 시기가 닥쳐올 때,
억압받는 한 사람마다 마지막 함성이 터져 나오리!
일어나라! 일어나라! 일어나라!

죄수들의 '의용군 행진곡'(중국 국가) 떼창을 끝으로 아침 조회가 끝나고 다시 일터로 행진한다.

그렇게 조심조심했는데 이번에는 딱 걸린 것 같다. 며칠 전부터 목이 붓기 시작했는데, 어제는 그래도 간신히 밥은 넘길 정도는 됐는데, 오늘은 행진 구호마저도 힘들었다. 간수소에 있을 때도 한 번 편도선이 크게 부어 혼난 적이 있다. 음식물 섭취가 힘들어 10일 넘게 물만 마셨고, 변호사 접견 때도 대화가 거의 불가능했다.

당시 간수소 의무실에는 '찐 따이푸'라고 불리는 김씨 성을 가진 조선족 의사 관교가 있었는데, 성격이 너무 고약해 수감자들은 아파도 웬만하면 그냥 참았다. 그리고 담당 관교들도 괜히 봉변을 당할까 봐 의무실로 수감자를 데리고 가는 걸 꺼렸다.

나도 한 번 어이없는 경우를 당한 적이 있었는데, 내가 몇 년간 복용해 오던 혈압약이 중국 정부에서 인증이 안 된 약이라며 자기들 멋대로 약을 바꾸었다. 하는 수 없이 먹긴 먹었는데 어지러움, 안면홍조, 부종 등의 부작용이 생겨 약을 거부하자 난리가 났다.

"네가 의사냐, 뭐냐? 미국 놈 하나 번져진다고 (쓰러진다고) 내가 눈 깜짝이나 할 것 같아? 이제 약도 먹지 마!"

밑도 끝도 없이 길길이 날뛰는 '찐 따이푸'의 모습에 날 데려간 최 관교마저 난감해했다. 그래도 다행히 애런 영사의 요청으로 아내가 밖에서 다시 약을 구해 넣어줄 수 있게 됐다.

지금 와서 생각해봐도 '찐 따이푸', 이 인간은 히포크라테스 선서를 거꾸로 읽었는지 환자들을 괴롭히고 신체를 모독하는 재미로 사는 인간이었던 것 같다.

한 번은 갓 들어온 염씨 성을 가진 30대 조선족 한 명이 고환이 붓는 증세로 '찐 따이푸'에게 진료를 받게 되었는데, 여자 관교들이 있는 앞에서 "새끼, 자위행위를 너무 많이 하니까, 그렇지."라고 낄낄대며 바지를 내리라고 했다고 한다. 염 씨가 여자 관교들 앞에서 바지 내리는 것을 거부하자 1단짜리 병원용 칸막이를 가져와 대충 가리고 옆에서 다 들리게 "어이쿠, 부랄이 황소, 황소 부랄이네!"라면서 희롱을 멈추지 않았다고 한다. 염 씨는 그 후 오랫동안 그 모욕감에 치를 떨었다.

그런 '찐 따이푸'에게 제대로 치료를 받기 위해서는 역시 또 뒷돈이 필요했다. 우리 방에 있던, 조금 있어 보이는 한족 녀석이 한 번은 모낭염에 걸린 적이 있었는데, 먹는 약부터 바르는 연고, 그리고 링거 주사까지 참 극진히 진료해 주었다.

파룬궁 만길 씨도 모낭염에 걸린 적이 있었는데, 귀찮은 듯이

던지고 가는 알약 몇 개로는 영 차도가 없자 어디서 들었는지, 그리고 어디서 얻었는지, 자신의 머리에 생마늘을 짓이겨 바르고 다니다가 냄새 때문에 다른 수감자들에게 또 엄청 구박을 받은 적이 있다.

나는 당시 내키지는 않았지만 너무 힘들어 하는 수 없이 다시 의무대를 찾았다. 하지만 나 역시 거기서 얻은 몇 알의 약으로는 쉽게 증세가 나아지지 않아 앓아누워 있는 동안 체중이 급격하게 줄었고, 그렇게 빼기 힘들다는 볼 살까지 쏙 빠졌었다.

그래도 생각해보니, 거기서는 어찌 됐든지 약이라도 구할 수 있었고 아프면 쉴 수라도 있었다. 하지만 입관대에 온 첫날 '간수소보다 백배는 더 힘들 거'라던 이장기 대장의 엄포처럼 이곳에서는 아파도 약은커녕 강제노동도 절대 빠질 수 없었다.

유일한 방법은 '찐 따이푸'의 표현처럼 그냥 번져지는(쓰러지는) 수밖에 없었다. 그리고 나는 정말 행진 도중 번져졌다. 퉁퉁 부은 목은 그렇다 치더라도 온몸에 갑자기 오한이 엄습했고 순간, 다리마저 풀려 버렸다. 어지럼증 때문에 마치 술 취한 것처럼 땅이 치솟아 올라 엎드려 누운 채 차가운 아스팔트에 뺨을 붙이고 간신히 버티고 견디었다.

"아저씨, 왜 이래요? 괜찮아요?"

경철이가 다급히 달려오는 듯싶더니 왕 경관의 고함소리가 내 귀를 때린다.

"싸비! 치라이! 치라이!"

욕설과 함께 '일어나라'는 명령이 들리고, 이내 옆구리에 심한 통증이 전해져 왔다. 녀석은 UFC 선수처럼, 간신히 팔꿈치와 무릎으로 몸을 일으켜 보려는 나를 향해 연신 발길질을 해대고 있었다.

나는 사실 며칠째 잘 먹지도 못했지만 잠도 제대로 잘 수 없었다. 침을 삼키기가 너무 힘들어서였다. 물에 적신 꼬질꼬질한 수건을 목에 감고 벽에 기대어 앉아 무심히 창밖을 내다봤다.

새벽 2시가 넘었는데 맞은편 빌라 3층 어느 집에선가 엷은 불빛이 새어 나온다. 그리고 창가 쪽에 기대어 선 듯한 검은 실루엣이 보인다. 마치 내가 보고 있는 걸 아는 듯, 실루엣은 미동도 없이 한자리에 머물러 있었고, 그 역시 나를 가만히 응시하고 있는 것만 같았다.

'속케 바지'라고 불리는, 6.25 때 중공군이 입었다는 두꺼운 솜옷을 그대로 입은 채 자리에 누웠건만, 추위에 계속 몸은 떨리고 식은땀이 났다. 밤마다 살며시 문을 열고 들어오는, 완장 찬 우리 8대대 대장 놈의 모습이 슬쩍 내려다보인다. 가끔 화장실에서 마주치면 나도 모르게 움찔 놀라게 되는, 전직 여장 남자 찐 홍의 침대 쪽으로 놈이 다가간다.

삐걱거리는 침대 소리와 작은 부스럭거림이 계속되지만 우리 방 수감자들은 모두 잠들어 있다. 아니, 나처럼 잠들어 있는 척하는 건지도 모르겠지만…. 나는 갑자기 올라오는 메스꺼움을 참기 위해 눈을 감고 억지로 잠을 청한다.

꿈속에서 난 성경 이야기 안에 있었다. 천사를 겁탈하기 위해 롯의 집을 둘러싼 군중들의 모습이 보였다. 하지만 난 그 난리통에서도 죄수복을 입고, 뭔가는 잘 모르겠지만 하여간 일을 하고 있는 것 같았다. 누군가가 내 옆에 앉아 그 일을 계속 도와주고 있었는데, 난 꿈속에서도 그의 도움에 매우 의아해하는 것 같았다.

난 그 짧은 꿈에서 깨어난다. 기분 나쁜 침대의 소음은 멈췄지만 창밖의 모습은 그대로였다. 그 실루엣은 아무런 움직임도 없이 계속 이쪽을, 아니, 나를 지켜보고 있었고, 그의 뒤로 새어 나오는 불빛은 마치 십자가처럼 보였다.

몇 대 맞긴 했지만, 차라리 잘된 셈이었다. 감옥소 경내 쓰레기를 줍고 다니는 리어카에 실려 의무대로 간 난 드디어 혈압약을 탈 수 있었다. 다시 재어 본 내 혈압 수치는 2백이 넘었다.

"이제, 아침저녁으로 이 약 줄 테니까 받아서 먹어요, 알겠죠? 한 이틀 쉬다 괜찮아지면 대대 복귀하라고 하네요. 그리고 저기 한국 책 몇 권 가져왔는데 보든지."

침대에 누운 나에게 의무대 경관 대신 친절하게 설명을 해준 사람은 의외로 한국인 죄수였다. 그리고 난 그가 옌칸에서 그 유명했던 보이스피싱 총책 이모 씨라는 사실을 나중에 경철이를 통해 알게 되었다.

참 오랜만에 찾아온 달콤한 휴식이었다. 아침부터 "치라이! 치라이! 치라이!" 외쳐대는 연방장의 소리에 눈을 떴다. 이제 또 겨울이 다가왔는지 창밖의 나무들은 삭풍에 모두 앙상한 모습이다. 순간, 우리 방에서 보이던 빌라가 눈에 들어왔다. 나는 방향을 잡고 손가락으로 층수를 짚어 그 집을 찾아보았다.

아침에 본 그 집 창가에는 실루엣도 불빛도 없었다. 대신 출조(出租)라고 쓰여진 커다란 종이만 유리창에 떡 하니 붙어 있었다. 그 집은 밖에서 척 보아도 사람이 살고 있지 않는, 임대인을 구하는 빈집이었다.

나는 이 씨가 가져다 준 책을 읽는다. 그가 좋아한다는 무협지도 만화도 아니었다. 어느 여류 작가가 쓴 수필집이었다. 별생각 없이 한 장 두 장 넘기던 중, 책 속의 사진 한 장이 내 시선을 사로잡는다.

해변을 따라 펼쳐진 모래사장이 보이고, 그 위에 발자국이 있는 사진이었다. 그리고 사진 밑에는 언젠가 본 적이 있는 영어 시 한 편이 한글로 번역되어 있었다. 시를 읽으면서 나도 모르게 창가의 그 실루엣이 또 떠올라왔다.

<모래 위의 발자국>

어느 날, 어떤 사람이 밤에 꿈을 꾸었습니다.

주님과 함께 해변을 걷고 있는 꿈이었습니다. 그런데 하늘 저쪽으로 자신의 지나온 날들이 비쳤습니다. 한 장면씩 지나갈 때마다 그는 모래 위에 두 사람의 발자국이 난 것을 보았습니다. 하나는 그의 것이었고, 다른 하나는 주님의 것이었습니다.

인생의 마지막 장면이 비쳤을 때, 그는 모래 위의 발자국을 모두 돌아보았습니다. 그런데 그는 발자국이 한 쌍밖에 없을 때가 많다는 것을 알게 되었습니다. 그리고 그때는 바로 그의 삶에 있어서 가장 힘들고 어려운 시기들이었습니다. 그는 주님께 물었습니다.

"주님, 주님께서는 언제나 저와 함께 해주시겠다고 약속하셨습니다. 그런데 제가 보니 어려운 시기에는 한 사람의 발자국밖에 없습니다. 제가 주님을 가장 필요로 했던 시간에 주님께서 왜 저와 함께 하지 않으셨는지 저는 모르겠습니다."

주님께서는 이렇게 대답하셨습니다.

"사랑하는 나의 아들아, 나는 너를 사랑하기 때문에 버리지 않는단다. 네 시련의 시기에 한 사람의 발자국만 보이는 것은 바로 내가 너를 업고 갔기 때문이란다."

빅서(Big Sur)는 이제는 교포들에게도 꽤 많이 알려졌지만, 당시만 해도 미국 사람들도 그렇게 많이 찾는 곳이 아니었다. 다른 곳에 비해 자연환경 말고는 크게 볼거리도, 놀거리도 없고 숙박시설도 변변치 못했다. 하지만 나는 휴가를 받으면 늘 태평양을 끼고 달리는 캘리포니아 1번 하이웨이를 타고 작은 휴양지 빅서로 향하곤 했다. 기이한 절벽으로 몰아치는 파도와 울창한 산림의 조화를 즐기면서 미국 본토에서 가장 긴 미개발 해안선과 함께 세 시간쯤 달리다 보면 어느덧 그곳에 도착했다.

언제나 그러하듯이, 소박한 통나무 캐빈을 빌려 짐을 풀고 백팩만 매고 강이 흐르는 어두운 숲의 오솔길을 가로질러 바다로 향한다.

시야를 가리는 나뭇가지들을 제치며 그 길을 빠져 나오는 순간, '쿵' 하는 영화 속 효과음이 내 마음속에 울리며 바다, 그것도 마치 지금껏 인간의 손이 타지 않은 듯한 그런 생 바다와 느닷없이 마주하게 된다. 해안가로 쓸려 내려온 해초들의 비릿한 냄새, 바다에서 밀려와 여기저기 모래사장에 너부러진 젖은 나무 토막들, 그리고 작은 바위섬에서 휴식을 즐기고 있는 물개들….

내가 빅서를 찾는 이유가 바로, 우리의 시간 같은 건 존재하지도 않을 것 같은 그런 태고의 이 바다 모습 때문이었다.

하지만 그날 내 꿈속에서는 그곳에서 이미 누군가가 나를 기다리고 있었다. 그리고 나는 왠지 익숙한 그 사람과 함께 태고의 해변가를 함께 걸으며 참 많은 얘기를 나누었다. 하지만 아쉽게도 당시 겪던 뇌졸중 전조증상 때문인지는 몰라도, 그 내용이 잘 떠오르지 않는다.

나는 도대체 누구와 그렇게 많은 이야기를 나누었던 것일까? 어떤 사연을 나눈 것일까? 아쉽게도 나는 그 꿈속에서의 기억을 끄집어 올릴 수가 없었다.

이제는 헤어져야 할 시간

몸을 추스르고 8대대로 돌아온 날, 옆방의 자칭 홍콩인(?) 레이몬드가 찾아왔다. 물에 타서 먹는 스틱형 영양 파우더 같은 것을 잔뜩 들고서. 하나뿐인 아들과 함께 뉴질랜드로 이민 간 아내가 보내준 식사 대용식이라고 했다. 어떻게 알았는지 내가 편도선 때문에 음식을 잘 넘기지 못한다는 걸 알고 일부러 가져온 것이었다. 유효기간은 이미 한참 지난 제품이었지만 그런 걸 따질 형편은 아니었다. 난 그저 그의 마음 씀씀이에 고마울 따름이었다.

"이거 커피죠? 맞죠! 나도 선양에서 일할 때 먹어 봤어요, 히히! 근데 이건 미제인가 봐요, 죄다 영어네, 영어!"

신기한 듯 스틱형 봉지를 요리조리 살펴보던 경철이가 아는 척을 한다. 아이처럼 순진한 그의 모습에 미소가 절로 나오다가 이내 내가 떠나고 이곳에 다시 혼자 남을 경철이 생각에 미안함과 안타까움이 뒤범벅이 되어 가슴이 저며 온다.

"경철아, 너 이거 두고두고 먹어, 알았지?"

손사래를 치는 녀석의 침대 위에 봉지들을 억지로 던져 놓고 복도로 나왔다. 이젠 정말 갱년기인가 보다. 아무 일도 없는데 시도 때도 없이 눈물이 났다.

간수소에 있을 때, 아내가 이런 파우더형 우유를 보내온 적이 있었다. 아쉽게 맛도 보지 못했지만 말이다. 그때도 아마 내가 편도선 때문에 고생을 했고, 변호사를 통해 내 상태를 안 아내가 아마 최 관교에게 전달을 부탁했던 모양이다.

우리 방은 밖에서 사식이 들어오면 일단 방장(중국에서는 호장이라 부르지만)에게 모든 물건이 간 다음에 배분되었다. 만약 밖의 가족들이 사식으로 사탕을 넣으면, 방장은 그 당사자 곧 사탕의 주인에게 절반을 주고 나머지는 자기와 자기가 주고 싶은 수감자들에게 나누어 주는 형식이었다.

작은 체구의 우리 방장은 다른 방에 비해 특혜와 권한이 너무 많았고, 또 유달리 물건과 음식에 대한 욕심이 많아 수감자들의 불만이 적지 않았다. 그런데 담당 관교가 부르기만 하면 쏜살같이 달려가는 그 충성심과 우리가 알지 못하는 뒷돈 때문인지 불만은 관교 선에서 다 무마되었다.

방장이 드디어 감옥으로 떠난 날, 수감자들은 마치 전쟁터의 점령군처럼 방장의 사물 박스들을 샅샅이 뒤졌다. 그리고 방장이 숨겨놓은 옷가지를 포함해 사탕, 초콜릿 등을 찾아 나누어 가졌다. (최 관교는 방장을 판결호로 보내지 않고 감옥으로 가는 날까지 우리 방에서 편히 지낼 수 있도록 배려했다.)

그때, 우리 방의 모든 관품과 관식의 구입을 담당하던, 말하자면 회계부장 같은 역할을 하던 녀석이 내게 플라스틱 통 하나를 말없이 건넸다. 바닥이 보이는, 얼마 남지 않은 러시아제 분말 우유통이었다. 의아해하는 나에게 그가 금방 답을 준다.

"이거, 미스터 리 와이프가 보낸 거야. 방장이 말 안 하고 자기 혼자 다 먹은 거야."

대충 사태 파악이 되었다. 원체 먹는 걸 좋아하던 방장이 간수소에서는 쉽게 볼 수 없는 러시아제 분말 우유가 들어오자 내게는 말도 하지 않고 혼자 다 먹어 치운 거다. 그제야 아기 곰이 숨겨놓은 꿀단지를 몰래 먹는 것처럼 뒤돌아 앉아 혼자 무엇인가를 급히 퍼먹고 있던 방장의 모습이 이해가 갔다.

이미 지나간 일이라 크게 화가 나지는 않았지만, 나를 위해 러시아 상점까지 가서 분말 우유를 구입하고, 중국에 살면서 늘 내키지 않아 하던 '뒷돈'까지 쥐가면서 힘들게 우유를 보내온 아내에게 미안할 따름이었다.

상품 진열대를 오가며 분말 우유를 찾는 아내의 뒷모습이 떠올랐다. 긴 머리로 감춘 그녀의 어깨가 조금씩 들썩였다. 아마 아내는 그때도 울고 있었을 것 같다. 딱 한번이라도 그녀를 만나 꼭 한번 안아주고 싶었다.

내 옆에서 괜히 미안해하던 그 녀석은 날 '미스터 리'라고 부르며 따랐던 간수소의 내 첫 제자였다. 중국 남방 장시성 출신인 25살 '짱리민'은 외삼촌 회사에서도 회계를 담당했다고 한다. 부모님이 일하는 오렌지 농장이 지긋지긋해 고등학교도 채 마치고 않고 잘 나가는 외삼촌이 있는 대도시 광저우로 간 거였다. 하지만 잘 나가던 외삼촌 회사가 인터넷으로 가짜 의약품을 팔다 적발되자, 공범이 되고 만 리민이는 3박 4일이 걸려 기차와 버스를 타고 생전 듣도 보도 못한 길림성의 옌지(연길)까지 오게 된 것이다. (신고를 처음 접수한 연길 공안이 직접 광저우까지 가서 체포해 온 케이스다.)

한국 예능 프로그램 '런닝맨'의 마니아였던 리민이는 하도 한국 TV를 봐서인지 한국말도 곧잘 했다. 물론 말은 짧았지만 말이다. 머리에 마늘을 바르고 다니던 만길 씨에게 "만길아! 제발 정신 좀 차려라!"라며 한국어로 잔소리까지 해대곤 했다.

하관이 잘 빠져 중국 무협영화에 나오는 귀공자처럼 생긴 리민이가 좋아하는 건 '한류' 외에 또 있었다. 미국 프로농구 NBA였다. 그리고 내가 한때 죽고 못 살던 LA 레이커스의 '코비 브라이언트' 선수가 그의 우상이었다.

사실 리민이와 내가 친하게 된 계기도 NBA 때문이다. 간수소에서 파는 중국 음료수통에 NBA 팀들의 로고가 그려져 있었는데 어느 날, 리민이가 로고를 쳐다보면서 해당 팀 이름을 기억해

내기 위해 머리를 쥐어짜고 있었다.

지나가던 내가 그 로고는 '보스턴 셀틱스' 것이고, 로고 안의 팀 마스코트는 아일랜드 신화 속 요정인 '레프리콘'의 모습이라고, 조금 전문가스럽게 설명해 주자 바로 내 제자가 되었다. NBA 상식을 배우는 건 아니었고 그 로고 안에 버젓이 적혀 있던 'BOSTON CELTICS'라는 글씨도 못 읽는 자신이 부끄럽다면서 내게 기초 영어를 가르쳐 달라고 했던 것이다.

간수소에서는 주말이면 수감자들에게 하루 종일 자유 시간을 주었다. 나와 리민이는 주말이면 NBA 시즌에는 늘 함께 경기를 봤고, 비시즌에는 영화채널을 통해 스파이더 맨, 배트맨, 어벤저스 등의 미국 영화를 보며 영어 공부를 하기도 했다. 하지만 난 늘 귀가 멍멍해 어느 것이든지 제대로 집중을 할 수가 없었다.

다른 수감자들은 거의 모두 하루 종일 카드놀이를 했는데, 가뜩이나 시끄러운 중국인들이 단체로 게임을 하니 방안은 한마디로 도떼기시장, 그 자체였다. 시끌벅적한 그들의 게임판에는 도대체 말하는 사람만 있고 듣는 사람은 단 한 명도 없는 듯 보였다.

리민이와 함께 보내는 주말은 날이 갈수록 점점 줄어들었다. 미중 관계가 악화되면서 중국 TV에서는 점차 미국 할리우드 영화가 자취를 감추었고, 나중에는 NBA 경기마저 볼 수가 없었다. NBA 인사의 홍콩 민주화 운동 지지 발언에 대한 보복으로 중국 공산당이 중계를 모두 중단해 버렸기 때문이다. 더구나 그해 여름 자신의 우상인 '코비 브라이언트'마저 헬리콥터 추락사고로 사망하자 리민이는 더욱 울적해했다.

징역 3년 6개월을 선고받고 판결수 방으로 떠나면서, 리민이는 출감하면 이제는 대도시가 아닌 부모님이 계신 오렌지 농장으로 돌아갈 거라고 했다. 그곳에서 일하면서 영어 공부도 계속할 거라고 내게 약속했다.

눈시울 붉히며 "미스터 리, 석방되면 꼭 우리 집 찾아와."라던 그의 부탁을 들어주기는 힘들 것 같다. 추방기간도 기간이지만 내가 '중국'이라는 나라를 다시 안전하다고 여길 수 있기까지는 꽤 긴 시간이 필요할 것 같기 때문이다.

리민이와 그렇게 이별했듯이, 난 또 경철이와의 이별을 준비한다.

"괜찮아요, 삼촌, 정말 필요 없어요."

떠나기 전에 내 영치금으로 물건을 주문해 주려는데 녀석이 또 쓸데없는 자존심을 내세운다. 그리고는 괜히 화제를 다른 쪽으로 바꾼다.

"삼촌, 한국 노래 중에 그거 알아요? 빠빠빠, 빠빠빠로 시작하는 거 있잖아요 '지금은 우리가 헤어져야 할 시간 다음에 또 만나요' 이 노래 모르세요?"

얘만 그런 건지 아니면 북조선에서는 진짜 구닥다리 한국 노래만 유행하는 건지, 하여간 경철이는 나이에 맞지 않게 또 흘러간 옛 노래를 들먹인다.

"알지, 왜 몰라? 한국에서는 술집 문 닫는 시간이면 늘 이 노래를 틀어."

내 대답에 녀석은 뭐가 그리 우스운지 한참 동안 혼자 낄낄댔다.

오늘은 드디어 우리 작업장이 문을 닫는 날이다. 60년 넘게 이 자리에서 죄수들의 피와 땀을 짜냈던 곳이 마침내, 영원히 문을 닫고 있었다. 우리 작업장뿐만 아니라 티베이의 모든 작업장이 똑같았다.

오랫동안 미루어 왔던 감옥의 이전이 드디어 결정된 것이다. 그리고 나는 오늘을 끝으로 경철이와는 더 이상 만날 수가 없다. 출소를 앞두고 14일간 코로나 격리조치를 받아야 하기 때문이다.

설비를 새 감옥으로 옮겨갈 트럭을 기다리는 탓에, 그래도 경철이와 마지막으로 한가한 시간을 함께할 수 있었다.

무슨 말은 해 주긴 해야 하는데…. 노래의 가사처럼 '웃으면서 헤어지자'라는 말도, '다음에 또 만나요'라는 말도, 입에서 쉽게 떨어지지 않았다.

집으로 돌아가는 길

티베이 감옥 이사는 마치 군사 작전을 방불케 했다. 2천여 명의 재소자들을 이송하기 위해 대형 관광버스 40여 대가 투입되었고 돌발 상황에 대비, 군과 공안까지 지원을 나왔다. 버스 한 대에 40명의 수감자들과 총기를 휴대한 경관 5명이 탑승했고, 공안 순찰대 차량과 기동대 차량이 투입되어 이송버스 행렬을 사방으로 둘러싸며 근접, 호위했다.

아침부터 대기 상태였던 우리는 저녁 7시가 되어서야 겨우 버스에 탑승할 수 있었고, 고작 20분 남짓한 거리인 신축 감옥으로 가는 데 무려 3시간이 넘게 걸렸다.

도착을 하고 나서도 하차가 쉽지 않았다. 아마 혹시라도 무슨 일이 생길까 봐 철통보안 속에서 한 대 한 대 조심스럽게 하차를 진행시키는 듯했다. 사용하던 이불까지 그저께 이미 새 건물로 다 옮겨가 어젯밤에는 제대로 잠도 자지 못했는데, 버스 안의 디지털 시계는 벌써 새벽 2시를 가리키고 있었다.

슬슬 졸음도 몰려오고 장시간 좁은 버스 시트에 앉아 있어 그런지 엉덩이도 배겨왔다. 하지만 입고 있는 방역복이 가장 고역이었다. 코로나 때문에 모든 수감자들은 이송 중 방역복을 착용했는데, 겨울인데도 불구하고 온몸이 땀에 절어 버렸다. 공회전 중인 버스의 히터에서 나오는 뜨거운 바람으로 마스크를 쓴 얼굴은 땀범벅이 되었다.

하차 순서를 기다리며 꾸벅꾸벅 졸던 나는 비몽사몽간에 꿈속을 헤맨다. 꿈은 20년은 족히 넘은 내 기억 속에서 진행되고 있었다.

주말을 맞아 오랜만에 친구들과 함께 라스베이거스로 여행을 갔다가 다시 올라오는 길이었다. 평소엔 뻥뻥 뚫리던 LA 15번 프리웨이가 갑자기 막히기 시작했다. 앞에서 큰 사고가 난 듯 차량들이 한 시간이 넘도록 한 발자국도 꼼짝을 하지 못했다.

핸드폰도 내비게이션도 없던 때라 교통방송에 주파수를 맞춰 봤지만 별다른 정보를 얻을 수 없었다. 전날 밤의 피로와 내리쬐는 네바다 사막의 뜨거운 햇볕으로 점점 지쳐갔는데, 어느 순간 앞에 있던 SUV 차량 한 대가 중간 경계선을 냅다 가로질러 반대쪽, 낮은 덤불로 가려진 사막으로 그냥 '쑥' 하며 들어가는 것이다.

'저쪽에 다른 길이 있나?' 반신반의하는 사이 눈치를 보던 차량들이 하나 둘 그 사막 속으로 좇아 들어갔다. 덩치 큰 화물트럭까지 핸들을 돌려 나가자 운전석에 앉은 토니가 동의를 구한다.

"나가는 길이 있긴 있나 보네. 우리도 저쪽으로 가볼까?"

비포장 길이었지만 분명 '대체도로'로 나가는 길이 있었다. 하지만 너무 늦어 버렸다. 우리 앞에서 치고 나갔던 트럭이 그만 야트막한 모래 언덕을 넘지 못하고 그곳에 처박혀 버리고 만 것이다. 앞으로 가는 길은 그렇게 막혀 버렸고, 되돌아가자니 일차선 도로 폭만큼 좁은 그 길은 이미 뒤따라온 차들로 꽉 차 있었다.

그렇게 우리는 사막 한가운데에서 오도 가도 못하는 상황이 되어 버렸다. 밤이 되어서야 상공에서 헬리콥터 소리가 들리고 순찰차들의 사이렌 소리가 가까워지더니, 마침내 사막에 길을 터준 고속도로 경찰대에 의해 간신히 그곳에서 빠져나올 수 있었다.

교통위반 티켓을 받지는 않았지만 우리와 같이 갇혀 있던 100여 대의 차량은 그날 그 지역 저녁뉴스에 톱을 장식했고, 운전자들은 모두 군중심리에 휘말린, 생각 없는 인간들로 비치고 말았다.

하지만 기억과는 달리 꿈은 조금 다른 방향으로 진행되고 있었다. 토니가 아닌 내가 혼자 운전을 하고 있었고, 난 사막을 서둘러 빠져나가기 위해 필사적으로 출구를 찾고 있었다. 그리고 바로 그때, 사이렌을 울리며 Sheriff(보안관)의 순찰차가 나타나더니, 카우보이 모자를 쓴 보안관이 내게 교통위반 티켓을 발부하려 했다.

난 '다른 사람들은 왜 다 보내주고 나에게만 딱지를 끊느냐'며 거칠게 항의했다. 하지만 그걸로 끝이었다. 그가 말없이 꺼내 든 권총의 총구가 내 이마에 닿자, 난 순간 얼음이 되고 말았다. 44 매그넘이었다. 긴 총신을 타고 차가운 금속성이 이마로 전해져 왔다.

"억울해? 그럼, 애초에 죄를 짓지 말았어야지."

방아쇠를 당기려는 그가 쓰고 있는 검은 선글라스에 내 모습이 투영되었다. 티베이 죄수복을 입은 너무나 초라한 몰골이었다. '탕' 소리가 났는지 안 났는지 정확히 기억은 나지 않았다.

흔들어 깨우는 경관의 지시에 따라 하차를 한다. 마스크를 쓴 얼굴 위로 시원한 새벽 공기가 스치고, 문득 난 생각이 많아진다.

새로 이사 간 티베이의 신축건물은 이전 건물에 비하면 호텔이었다. 수세식 화장실과 식기세척용 개수대, 그리고 공용이지만 샤워실까지…. 난 내일이면 이곳을 떠나지만 마치 두고 가는 아들놈 셋집을 봐주듯 간수소 이곳저곳을 돌아다니면서 시설물을 확인했다.

제법 온기가 느껴지는, 복도에 설치된 라디에이터에 경철이의 감기 걱정을 덜었고, 돈을 내야만 온수 사용이 가능한 샤워장은 못내 아쉬웠다. 창문을 통해 인조 잔디로 만들어진 훌륭한 축구장 시설과 본관 건물 앞, 기암괴석과 작은 연못으로 꾸며진 멋진 정원이 눈에 들어온다. 이건 경철이와는 해당 사항이 전혀 없어 보였다.

다음날 새벽, 난 티베이에서 얻어 입은 죄수복을 모두 벗어주고 내복 차림으로 감옥을 나왔다. 석방 시, 사복이 준비가 안 된 다른 죄수의 경우, 감옥 측에서 나름 옷을 챙겨 주었는데 미국 놈인 나에게 그런 호의는 베풀지 않았다. 덕분에 영하 15도의 날씨에 내복 차림으로 필요한 석방서류를 받기 위해 감옥 이곳저곳을 걸어 다녀야 했고, 감옥을 나와서도 세 명의 호송 경관들에게 내복 차림으로 끌려 다녔다. 다행히 아내가 미리 연락해 놓은 지인과 장춘 공항에서 만나 비행기를 탈 때는 더 이상 볼썽사나운 꼴은 면할 수 있었다.

호송 경관들은 장춘 공항에서 상하이 공항까지 날 따라왔고, 미 국적기에 올라서야 비로소 난 자유의 몸이 되었다.

이전에 그렇게도 비행기를 많이 타고 다녔는데, 나는 그날 처음으로 기내식이 맛있다는 생각을 했다. 2년 만의 포식이었다.

24시간이 넘게 걸려 집에 도착할 수 있었다. 나중에 안 사실이지만, 당시에는 코로나로 인해 어떤 비행기는 당일로 취소가 되고 어떤 비행기는 당일 예약만 되는, 한마디로 하늘길이 난장판이었다고 한다. 그 와중에 아내는 내가 단 하루라도 중국에 더 머물지 않게 하기 위해 경제적 손실을 감수해 가면서, 상하이에서 비행기를 타기 한 시간 전까지 취소와 예약을 반복하면서 미국으로 오는 하늘길을 잡아 주었다.

사실 난 비행기 안에서도 내가 정말 풀려난 건지 제대로 실감이 나지 않았다. 그냥 비행기를 돌려 중국 감옥으로 날 다시 데려갈 것만 같았다. 비행기 안에서 난 계속 쪽잠을 잤다. 그리고 연속되는 그 쪽잠의 꿈들을 통해 나의 사고는 서서히 감옥 담장을 넘고 있었다.

중국 공산당이 하루라도 자랑을 안 하면 안 되는 중국 고속열차가 미끄러지듯 빠르게 지나간다. 양 옆으로 대초원이 보이는 걸로 봐서는 아마 내몽고 쪽인 듯싶다. 기차가 지나간 선로 옆에서 어디에 숨어 있었는지 한 무리의 사람들이 불쑥 모습을 나타낸다.

리어카를 필두로 십여 명의 사람들이 선로 옆 자갈밭의 쓰레기를 줍고 있다. 모두 다 아는 얼굴이다. 리어카를 끄는 경철이가 보이고 그 뒤로는 명철이, 솔이, 영봉이, 재훈이, 만길 씨, 왕 씨, 김 교수, 로리까지…, 하여간 간수소와 감옥에서 본 사람들이 다 모여 있었다.

하지만 내 모습은 보이지 않았고, 난 그 꿈속에서 마치 멀리 떨어진 관찰자인 것 같았다.

꿈은 또 이어진다.

팜트리(palm tree)가 도로 양쪽으로 줄지어 늘어서 있다. 팜트리를 봐서는 분명 캘리포니아 같은데, 이상하게 사방이 중국 한자 간판들 일색이다. 자세히 보니 내가 미국에 와서 처음 살았던, LA 근교 중국 타운 '알함브라'시다.

난 뜨거운 햇빛을 피해 어디론가 들어갔는데 과일 가게인 것 같다. 그리고 거기에서 짱리민이 오렌지 주스를 팔고 있었다. 녀석은 영구결번이 된 코비 브라이언트의 24번 레이커스 저지를 입고 있었다.

미국으로 오는 내내, 내 꿈은 이런 식이었다. 택시운전사 웨이치는 뉴욕에서 옐로우 캡을 몰고 있었고, 레이몬드는 샌프란시스코 차이나타운에서 딤섬 레스토랑을 하고 있었다.

등장인물은 크게 변하지 않았지만, 이제 나의 무의식은 그 힘들고 어두웠던 철창문을 열고 나온 것만은 분명해 보였다.

LA공항 이민국 카운터다. 한국 성모병원에서 찍은 이민용 신체검사 흉부 엑스레이 사진 봉투를 들고 이곳을 지나갔던 아주 오래된 기억이 떠오른다. 정확히 이해하지는 못했지만 까까머리 학생인 나에게 넉넉해 보이는 히스패닉계 이민국 아줌마가 웃으면서 농담을 건넸다. 아마 나도 이제 곧 핫도그를 먹으면서 다저스 경기를 즐기게 될 거라는 그런 뜻인 것 같았다.

　　여권과 함께 내민 비행기 티켓을 보던 동양계 이민국 직원이 미소를 지으며 내게 한마디 던진다.

　　"Welcome, Back Home!"

　　난 드디어 미친, Mad China를 그렇게 완전히 탈출한 것이다.

에필로그

공원으로 조깅을 가기 위해 운동복으로 갈아입는다. 켜 놓은 TV에서는 미국이 신장 위구르족 강제노동을 문제 삼아 중국산 면화 수입을 금지했다는 CNN 뉴스가 나온다.

언젠가 읽었던 독일 소설 중 『좀머 씨 이야기』라는 책이 있다. 2차 대전 직후, 독일의 어느 시골 호숫가 근처에 사는 어린아이의 눈을 통해 이야기를 풀어가는 일종의 성장소설이었다. 이 책의 제목이기도 한 좀머 씨는 추측컨대 전쟁 후유증으로 인해 하루 종일 빠르게 호숫가만 걷는, 약간은 기묘한 캐릭터였다.

요즘 내 모습이 그렇다. 난 그동안 높아진 당뇨와 고혈압 수치를 잡기 위해 매일 집 인근에 작은 호수가 있는 공원을 빠르게 걷는다. 처음에는 코로나 때문에 답답해서인지 평일에도 사람이 꽤 많았는데, 이젠 공원에 사람이 별로 없다. 하지만 그래도 난 마스크는 꼭 쓴다.

코로나 방역 때문이기도 하지만 구안와사로 삐뚤어진 얼굴을 가리기 위해서이기도 하다. 조깅을 하다 보면 가끔 손가락들이 마치 축구를 하다 다리에 쥐가 오른 것처럼 근육이 뒤틀리고 마비될 때가 있다. 이 모든 것들이 내가 지난 2년간 겪은 그 시간의 흔적인 것 같다.

나는 잠시 벤치에 앉아 숨을 고르며 손가락을 마사지한다. 아내가 출근하기 전 텀블러에 담아 준, 아직은 따뜻한 커피를 마신다.

일 년 내내 늘 푸른, 캘리포니아의 쪽빛 하늘이 펼쳐져 있고, 그 하늘에도 티베이의 하늘처럼 마그리트의 뭉게구름들이 여기저기 떠다닌다. 그리고 그 아래 작은 호수도 데칼코마니처럼 하늘을 그대로 담아내고 있다.

아까 들었던 뉴스 때문인지 '티베이'에서 함께 있었던 '알리'가 불현듯 떠오른다.

'잘 있을까? 그리고 경철이는 어떻게 지낼까?'

'이 선생님 가시는 길에도 평안을 주는 그분이 함께 하시길 빕니다.'

이종훈 소좌의 기도 덕택이었을까. 나 자신은 물론 우리 가족에게 참 많은 상처를 남긴 시간들이었지만 그래도 그 시간 동안 늘 함께해 주신, 그래서 지금 이 자리에 나를 있게 해주신 그분께 감사할 따름이다. 그리고 난 그분께, 그곳에 두고 온 또 다른 영혼들과도 꼭 함께해 주시길 간절히 기도한다.

일요일 아침이면 난 교회 맨 앞자리에 앉는다. 그리고 반주를 하는 아내의 모습을 지켜본다. 아내와 아이들과 함께 다시 이렇게 교회를 찾을 수 있기를 울면서 기도했던 그 많은 날들의 기억이 새록새록 떠오른다.

아내의 긴 손가락이 능숙하게 피아노 건반을 오가고 성도들의 찬송이 이어진다.

날 구원하신 주 감사 모든 것 주심 감사~~
지난 추억 인해 감사 주 내 곁에 계시네~~
향기로운 봄철에 감사 외로운 가을 날 감사~~
사라진 눈물도 감사 나의 영혼 평안해~~

그곳에서 나에게 커피향이라도 전해주기 위해 겨울, 그리고 봄, 여름, 가을을 간수소로 오갔던 아내의 애처로운 모습을 늘 떠올렸다. 그리고 혼자 집으로 힘없이 돌아가는 아내의 뒷모습을 상상하면서 매일매일 꼭 그녀의 손을 다시 잡아 줄 수 있기를 기도했다.

응답하신 기도 감사 거절하신 것 감사~~
헤쳐 나온 풍랑 감사 모든 것 채우시네~~
아픔과 기쁨도 감사 절망 중 위로 감사~~
측량 못할 은혜 감사 크신 사랑 감사해~~

길가에 장미꽃 감사 장미꽃 가시도 감사~~
따스한 따스한 가정 희망 주신 것 감사~~
기쁨과 슬픔도 감사 하늘 평안을 감사~~
내일의 희망을 감사 영원토록 감사해~~

시련과 고통을 통해 비로소 주님의 참뜻과 감사하는 방법을
배운 것 같다. 이제는 그곳에서의 간절하던 내 기도의 믿음들을
시간과 환경에 변색되지 않고, 휩쓸리지 않고, 온전히 지켜갈
수 있기를 간절히 기도한다.

길가에 장미꽃 감사 장미꽃 가시도 감사~~
따스한 따스한 가정 희망 주신 것 감사~~
기쁨과 슬픔도 감사 하늘 평안을 감사~~
내일의 희망을 감사 영원토록 감사해~~

아내의 고백

간수소

막내의 손을 잡고 출근을 위해 현관문을 여는 순간 13명의 중국 공안들이 정신없이 들이닥쳤고, 마구잡이로 온 집안을 구석구석 뒤지기 시작했다. 무엇인가를 찾기 위해 열심인 그들은 남편과 내가 서로 대화조차 하지 못하게 했다. 우린 그날 그렇게 헤어져 2년의 세월을 보내야 했다.

간수소에 있는 남편은 어떻게 지내고 있을까. 남편이 간수소에 있는 기간 동안 매주 토요일, 일요일이면 남편이 좋아하는 커피를 텀블러에 담아 왕복 두 시간이 넘는 거리를 걷기 시작했다. 대단한 것처럼 보일지 몰라도 걷지 않으면 살 수 없을 만큼 답답해서, 하루에도 몇 번이고 출렁이는 내 마음을 다잡고자 걷고 또 걸었다. 연변의 겨울 날씨는 얼굴 살을 찢고 감각을 잃게 할 정도로 춥다. 걸으면서 참 많이 울었다. 말할 수 없는 슬픔에 울고 또 울었다. 하나님을 원망하는 마음이 몰려오는 걸 막을 길이 나에게는 전혀 없었다. 대답 없이 가만히 있지 말고 무슨 말이든 말을 해달라고 가슴을 치면서 울며 걸었다. 다른 사람들에겐 확실하게 응답하고, 병도 고쳐주고, 능치 못할 일이 없다는 하나님! 왜 나에게는 그렇게 매정하게 한 마디 말도, 아니 세미한 음성도 주지 않는지, 언제쯤 나에게 이 고난의 이유를 알려주실는지….

그래도 어느덧 겨울이 가고 봄이 왔다. 매번 걷던 간수소 가는 길이 달라 보였다. 땅만 보고 갔었는데, 어느 날 눈을 들어 보니 하늘 높이 뻗은 나무들이 아름답게 내가 가야 할 길을 인도하고 있었다. 어디서부터 따라왔는지 모르는 나비는 간수소에 도착할 때까지 나와 함께 했다. 마음대로 날 수 있는 나비가 간수소 담장 너머로 사라지는데, 남편에게 가는 것만 같아 부러웠다.

철문으로 굳게 닫힌 간수소 앞에서 난 기도했다. 양팔을 벌려 간수소를 감싸고 나를 보고 있는 주님께 간절히 기도했다. 그리고 텀블러를 열고 어딘가에 있을 남편에게 커피 향을 전달했다. 얼굴을 볼 수 있는 것도 아닌데, 간수소를 갈 때와 올 때 걸음걸이는 천지 차이다. 돌아오는 길은 너무도 멀었고, 발걸음은 천근만근 거대한 힘이 땅속으로 나를 잡아끌고 있는 것처럼 무거웠다.

코스모스가 교정을 아름답게 꾸미고 있는 어느 날, 유난히 지친 나를 코스모스가 온몸을 흔들며 환영했다. 바람 한 점 없는 날인데, 아름다운 코스모스가 힘차게 몸을 흔들면서 나에게 말을 걸어왔다. 울고 있는 나에게… "힘내!" 하고. 자연을 통해 위로하시는 하나님의 음성을 듣고 난 또 운다.

로마서와 책 속의 편지

애런 영사가 남편에게 전달할 수 있도록 책을 보내달라고 했다. 지루한 시간을 보낼 수 있도록 페이지 수가 가장 많은 걸로 넣어 달라는 남편의 요청이다. 『호모사피엔스』와 『총균쇠』 등 본인이 읽었던 책과 영어단어 책을 넣어달라고 했다. 그때, 성경책을 보내고 싶다는 생각이 들었지만 성경책과 종교서적은 반입 불가였다.

어떻게 넣을 수 있는 방법이 없을까? 넣을 수 있다면, 성경의 어떤 부분을 넣을까? 모를 땐 하나님께 물어보는 것이 최고다. 많은 사람들이 읽고 변화 받았다는 로마서를 넣기로 했다. 영어단어 책 겉표지에 영문 로마서를 찢어 넣은 후, 풀로 붙여 겉표지인 것처럼 했다. 남편이 찾을 수 있을까? '하나님, 우리 남편에게 알려주세요. 겉표지 속에 성경이 들어 있다고!'

편지 한 장 남편에게 전해주는 것도 여간 힘든 일이 아니었다. 남들은 할 수 있었지만, 남편은 통제가 심했다. 어떻게 남편에게 소식을 전할 수 있을까? 소설책 두 권을 빌려 한 장에 한 글자씩 숨겨 쓰기 시작했다. '보고 싶다'는 네 글자를 네 페이지에, 글자

사이사이에 잘 숨겨 써 넣어야 했다. 그렇게 두 권의 소설책에 남편이 힘을 낼 수 있도록 사랑의 편지를 썼다. 이렇게 애절하고 간절한 편지는 처음 써보았다. 많은 기도 동역자들이 기도한다는 것을 알고 남편이 힘내기를 바랄 뿐이었다.

눈을 감고 하나님께 말을 걸 때마다 하나님은 무릎 꿇고 기도하는 남편의 모습을 선물처럼 보여주었다.

첫 재판

얼굴을 못 본 지 8개월이 흘렀다. 그리고 첫 재판이 열렸다. 너무 떨렸다. 국가안보를 위협하는 범죄행위가 있다는, 말도 안 되는 혐의를 받고 있다고 변호사가 말했다. 그래서인지 경비가 삼엄했다.

남편 얼굴을 본다는 생각만 해도 너무 좋아서 며칠 전부터 잠을 제대로 못 잤다. 다 사람 사는 곳인데 건강하게 잘 견디고 있을 것이라고만 생각했다. 재판 녹화를 위해 카메라 몇 대가 설치되어 있었다. 카메라가 싫었다. 처음 붙잡혀 공안에 끌려가는 내내 카메라가 나를 촬영했다. 그래서인지 카메라 울렁증이 생겼다. 내 앞에 앉아 있는 사람들은 매우 심각한 표정이었다.

드디어 문이 열리고 남편과 교정직원들이 법정에 들어섰다. 내 옆에 앉아 있던 가족 중 한 사람은 울음을 터뜨리고 말았다.

"울면 퇴장이다. 울지 말라!"

공안의 카랑카랑한 목소리가 울음을 막았다. 그러나 나 또한 눈물을 흘리지 않을 수 없었다. 너무 마른 남편의 뒷모습. 머리를 다 밀고 손과 발에 엄청난 무게의 쇠사슬을 걸고 나온 남편은 분명 나의 남편이 아니었다.

재판이 열리는 동안, 남편은 단 한 번도 나를 보지 않았다. 그렇게 기다렸는데…. 다른 사람들은 가족과 눈을 마주치며 인사하던데, 왜 그랬을까? 남편의 눈은 한 번도 나를 찾지 않았다. 내 마음은 갈기갈기 찢어졌다. 그리고 새끼 잃은 동물처럼 사람의 울음소리가 아닌 괴성으로 울며 하나님을 불렀다.

(후에 남편은 나를 보면 자신이 무너질까 봐 아예 못 본 척했다고 했다.)

8개월을 간절히 기도했는데…. 단 한 번도 간절하지 않은 적이 없었는데…. 재판은 제대로 진행되지 않았고, 갑자기 중단되어 버렸다. 중앙정부 국보위의 지시 때문이라나, 뭐라나! 매일 하나님과 대화하던 나는, 3일 동안 하나님께 말을 걸지 않았다.

판결과 감옥이송

중국 비자가 만료되고 미국 애런 영사의 도움을 받아 막내를 데리고 미국으로 들어왔다. 조금만 늦었어도 코로나 때문에 중국에서 들어올 수 없는 상황이었는데, 하나님은 정확한 시간 계산으로 나를 옮겨놓으셨다.

코로나 때문에 변호사 접견도 불가능한 상황이어서 정말 오랫동안 남편의 소식을 듣지 못했다. 지난해 두 번의 재판이 있었고, 2020년 5월 1일 선거공판이 있었다. 남편을 제외한 관련자들은 모두 석방되었다. 남은 기간은 6개월. 처음에 스파이 혐의를 받게 되면 적어도 5년 구형이라고 들었는데…. 이 얼마나 감사한 일인가! 애런 영사와 변호사가 알아본 결과, 남은 기간이 6개월 정도면 간수소에 있을 가능성이 높다고 했다. 감옥이송은 아마 없을 것 같다고.

그러나 그것도 남편은 예외였다. 7월 10일 남편이 감옥으로 이송됐다고 애런 영사가 알려왔다. 보통 감옥으로 이송되기 전에 알려주는데, 이번엔 이송한 후에 연락이 왔다는 것이다. 남편은 모든 일에 최악의 수를 넘어간 적이 없다. 다행히 외국인들이 수용되는 감옥이라 간수소보다는 좋을 것이라는 말로 나를 위로했다.

(남편은 간수소보다 감옥은 100배 힘든 곳이었다고 말했다.)

왜 하나님은 최악의 수를 두시면서 나의 신앙심을 테스트하시려고 하실까? 난 그렇게 믿음이 좋은 사람이 아니라고 악을 썼다. 창자가 뒤틀리고 터져버려 온몸에 손상된 장기들이 돌아다니는 것과 같은 아픔이 매일 나를 고통스럽게 했다. 매일 기도하는 나에게 하나님은 조금이라도 더 좋은 결과와 희망을 선물하지 않고, 더 좋지 않은 상황으로 몰고 가서 "어떻게 할 거니?"라고 묻는 것 같았다. 고난 뒤에 정금 같은 믿음을 선물로 주실 거라는 위로의 말들이 듣기 싫었다.

"나에게 정금 같은 믿음을 주시지 마세요!"

비행기를 몰아주신 하나님

나는 막내와 2020년 1월 말에 미국에 들어왔고, 2월 초부터 미국이 코로나의 심각성을 인지하고 관련 정책을 시행했기에 사실 미국 땅이라는 넓은 곳에서 격리 생활을 해야 했다.

아들이 이제 겨우 한 달 정도 학교에 다니고 있었을 때였다. 캘리포니아 주정부 방침에 따라 3월 둘째 주부터 학교가 완전 셧다운되었다. 실외활동도 금지되었다. 아들과 나는 방 한칸에서 딱 붙어서 생활해야 했다. 아들이 오전 8시부터 오후 3시까지 인터넷으로 학교 수업을 했기 때문에 나는 쥐죽은 듯이 있어야 했다. 어느 정도의 불편함은 견딜 수 있는데, 조용히 기도할 공간이 절실하게 필요했다.

감사하게도 이제 겨우 한 달 정도 출석한 교회의 담임 목사님이 기꺼이 교회 열쇠를 주시면서 언제든지 와서 기도하라고 허락해 주셨다. 이렇게 내 마음을 알아줄 땐 하나님께 땡큐 안할 수가 없다. 코로나 때문에 아무도 올 수 없는 예배당에서 난 마음껏 기도하고 찬양하고 울면서 하나님과 대화했다. 미국 땅에서 남편을 기다리고 기다리는 나를 지치지 않게 만든 것은 바로 이

기도의 힘이었다.

　무작정 기다릴 땐 말할 수 없는 무거움과 두려움의 마음이 나를 힘들게 했지만, 판결이 난 후 기다림의 시간이 정해졌을 땐 안도와 감사의 마음이 더 커서 넉넉히 이겨낼 수 있었다.

　판결 이후 내가 해야 할 가장 큰일은 남편이 타고 돌아올 항공권을 준비하는 일이었다. 코로나 때문에 티켓 예약이 쉽지 않았다. 중국정부에 의해 공식적으로 추방절차를 밟고 돌아오는 것이기에, 공안의 요청에 맞는 시간의 항공권을 구매해야 하는데, 구입해도 며칠 뒤 예약이 취소되는 일이 잦았다. 불안, 불안했다.

　열 번 이상 항공권을 취소하고 다시 예약했다. 남편이 올 수만 있다면 이쯤이야 얼마든지 감수해야 한다고 생각했다.

　드디어 남편이 오는 날이다. 중국시간 새벽 6시에 남편이 감옥에서 공항으로 향한다고 했다. 항공사에 전화해서 탑승자 명단을 확인해 보라는 시아버님의 말씀에 확인한 결과, 며칠 전에 항공편이 취소되었다는 것이다. 이를 어쩌나! 표를 구매한 여행사도 항공사로부터 연락을 받지 못했다고 했다.

　"하나님! 정말 끝까지 이렇게 힘들게 하셔야 하나요?"

　또 다시 나의 원망이 시작되었다. 남편은 장춘에서 상해로 온 뒤, 상해에서 미국 국적기를 타고 미국으로 들어와야 했다. 중국 공안은 추방절차를 위해 공항에서 최소 네 시간이 필요하다고 했는데, 현재 남아 있는 항공권은 상해공항에서 두 시간 머물다 미국으로 들어오는 표밖에 없었다. 애런 영사에게 상황을 전달하고 항공권을 무리하게 구입했다.

지난 2년 동안 하나님과 힘겨운 싸움 아닌 싸움을 해왔기에, 난 이 난국을 헤쳐 나갈 해답을 알고 있었다. 즉시 기도 동역자들에게 긴급 기도요청을 보냈다. 기도만이 답이다! 기도에 하나님은 꼼짝달싹 못하신다! 난 그걸 알았다. 여기저기 흩어져 있는 기도 동역자들은 만사 제쳐놓고 기도하기 시작했고, 장춘에서 출발한 비행기가 예정보다 30분이나 일찍 도착했다. 상해공항에서의 추방절차도 순조롭게 진행되어, 비행기 출발 5분 전에 탑승수속을 마쳤다. 정확한 계산표를 갖고 계신 하나님이시다! 하나님도 급한 마음으로 비행기를 몰고 가신 것 같다는 생각이 들었다.

기도 동역자들

남편이 간수소에 있는 동안 집을 이사해야 했다. 경제적으로 어려움이 많았기 때문에 살고 있던 곳에서는 더 이상 살 수 없었다. 그래서 연변과학기술대학 교직원 기숙사로 이사했다. 우연인지 필연인지 내가 살게 된 기숙사는 몇 년 전 북한에서 억류되었다가 풀려난 평양과학기술대학 교수님이 살던 기숙사였다. 아! 사모님이 이 방에서 얼마나 울면서 주님께 부르짖었을까. 마음이 아팠다. 그리고 나도 힘을 내서 기도해야겠다는 결심을 했다.

뭐든 혼자 하면 힘이 빠진다. 힘없는 나를 주님이 돕기 위해 과기대 기도 동역자들을 붙여주셨다. 처음엔 학교 내 작은 예배실에서 기도했는데, 중국 당국에 의해 예배실이 폐쇄되었다. 우린 칠흑 같은 어둠을 뚫고 학교 교정에서 멀리 떨어진 예배당에 가서 기도했다. 내가 더욱 더 힘들어할 때, 주님은 두 명의 특별대원을 매일 집으로 보내주셨다. 출근하기 전에 함께 기도했다.

기도뿐만이 아니다. 주변에 수많은 지인들과 친구들이 경제적으로 도움을 주셨다. 참으로 신기한 경험이었지만, 하나님은 내가 남편 일만 생각하고 기도에 집중할 수 있도록 먹고사는 문제를 해결해 주셨다. 예전에 누가 기도했더니 집 앞에 쌀가마니가 놓여 있었다, 또는 돈을 딱 필요한 만큼 주셨다 등등의 간증을 들었지만, 솔직히 믿기지 않았었다. 내가 경험하지 못했기 때문이었다. 그러나 이제는 나도 남이 들으면 말도 안 될 것 같은 간증꺼리들을 갖게 되었다. 그런 축복을 경험하고 싶은가? 그럼 죽을 것같이 힘든 고난 먼저!

홀로 또 함께, 그러나 사실은 언제나 함께하셨던

힘든 고비 고비마다 하나님은 나를 홀로 두지 않았다. 그러나 그 과정은 너무나 견디기 힘든 고통의 연속이었다. 돌아보면 모든 것이 은혜라고 고백할 수 있지만, 고통의 한가운데에 서 있는 나는 눈물로 뒤범벅이 되어 있었다.

2년 동안의 고생은 남편 몸에 그대로 남아 있다. 건강이 많이 좋지 않다. 조금 더 있었다면 살아나오지 못했을 것 같다는 남편의 말은, 내가 겪었던 고통과는 비할 수 없는 극심한 것이었다는 것을 실감하게 해주었다.

처음엔 고통의 구렁텅이에, 그것도 아주 깊은 곳에 나를 밀어넣고 어떻게 올라올 거냐고 묻는 것만 같은 하나님이 너무 원망스러웠다. 그래서 때로는 그냥 여기서 죽겠다고 악을 쓰기도 했다. 그러나 시간이 흐르면서 힘들어하는 나와 내 남편, 우리 아이들을 그 넓은 가슴에 품고 같이 아파하고 울어주신 하나님임을 알게 되었다.

하나님은 큰아들을 군대에 맡겨두셨다. 내가 둘을 다 양육하기에 힘들 것을 아신 하나님은 큰아들을 밥 세 끼 잘 먹고 건강하게 생활할 수 있도록 군대에 맡기셨다. 착한 큰아들은 나의 든든한 버팀목이었다.

철없던 막내는 나와 함께 울고 웃으면서 많이 성숙했다. 우리 둘이 껴안고 많이 울었다. 막내는 매일 기도하고 있다. 막내가 인격적으로 하나님을 만날 수 있어서 너무 감사하다.

나는 그분을 만났고, 지금도 그분과 이야기하는 것이 가장 즐겁다.